L'INQUISITEUR

MARIE-CLAIRE BANCQUART

L'INQUISITEUR

PIERRE BELFOND

216, boulevard Saint-Germain
75007 Paris

Si vous souhaitez recevoir notre catalogue
et être tenu au courant de nos publications,
envoyez vos nom et adresse en citant ce livre.
Editions Pierre Belfond
216, boulevard Saint-Germain
75007 Paris

ISBN 2-7144-141-6-8

I

Le pays ne faisait pas accueil. Il s'était renfrogné d'un seul coup, sans offrir la rémission du soir. Tant mieux : d'autres l'éviteraient. Il serait peut-être un plus sûr ami que les villes qui se donnent au premier venu, dans l'apparente facilité du Midi. Les semelles marquaient cette fois leur empreinte sur le chemin, qui s'avançait en bosses et en à-plats. Le village dérobait sa forme derrière une saillie du plateau. Il faudrait de toute manière y passer la nuit, dans ce village. Nuit imprévisible ! Malgré bien d'autres expériences, l'homme sentait en lui une attente. Il avait cinquante ans, et la nouveauté pesait plus que naguère. Car ce n'était point son bagage, une valise à moitié vide, qui le forçait à ralentir son pas. La nuit tomba brusquement comme il atteignait la première maison du village, isolée avant le tournant du plateau. Sous une ampoule dépourvue d'abat-jour, il y vit une jeune fille, coudes sur la table, menton entre les mains, qui faisait une moue vilaine à voir.

Un paysan se tenait sur le chemin ; il regardait lui aussi, courbé à force d'attention, et confondu, au bas de la fenêtre éclatante, avec les ténèbres. Il remarqua au dernier moment la venue de l'homme, se dressa soudain, et dit comme pour s'excuser : « Je regardais la petite, parce que c'est la nouvelle institutrice. » L'accent était, dans la région, presque aussi fort qu'à Toulouse. L'homme tardait toujours un peu à comprendre les phrases. Pendant que se formait dans son esprit le sens de celle-là, ils se mirent à marcher côte à côte, dans la direction du village. « Et qu'est-ce qu'elle a, l'institutrice ? demanda-t-il sans même regarder son voisin. — Pardi ! Elle a qu'elle est nommée à Malcastel. Tous les ans on en prend une autre, elles se fatiguent vite. » Il mâcha longtemps cette vérité. Puis : « La petite, là, elle se fatiguera encore plus. Elle est de Villefranche. C'est une ville ouverte. »

Comme font les gens dans les campagnes, ils se séparèrent sans un mot de trop. Le paysan tourna sur la gauche. Levant les yeux pour la première fois depuis qu'il avait aperçu l'institutrice sous sa lampe, l'homme vit une muraille sombre, haute comme une maison de trois étages. Il hésita, car on eût dit un château à demi ruiné : le sommet s'en découpait en échancrures ; on devinait une tour carrée sur la gauche, et des plantes nées dans les pierres, baignées de violet à cette heure par le ciel. Mais le chemin continuait sous une porte rectangulaire. L'homme passa la porte. Des lumières, à travers des volets mal joints, lui apprirent que le village était là — dans la muraille — entouré de tous côtés par elle. Il n'était pas ouvert, lui. Il se défendait : non plus de l'envahisseur, mais de l'étranger.

II

« Da Malcastel venon res que michant monde è michantas bestias. » Ce proverbe était né en des temps si brumeux que le village lui-même n'aurait su le rejeter. Aussi le proclamait-il, au contraire, par les bouches de la renommée. Les gens le connaissaient un peu partout dans le département : car le professeur de troisième du lycée de Rodez avait coutume de prendre en exemple cette phrase dès son premier cours, afin d'opposer le patois au français. Il ne risquait pas de froisser un élève. De mémoire d'homme, personne de Malcastel n'était jamais passé par le lycée. Mais l'Aveyron était ainsi comblé de greffiers, d'instituteurs, de commerçants, de gardes des eaux et forêts, qui jugeaient le village avant de le connaître. « De Malcastel ne vient que male gent et male bête. » Et le village le savait bien. Pris au piège d'une phrase que justifiait peut-être seulement son nom, il se fermait aux gens du dehors et imposait un caractère à ses habitants. Il n'était point le seul à se modeler sur d'anciennes condamnations. Depuis toujours, on disait dans le département, à propos d'un homme rustique en ses paroles et ses manières : « C'est un croquant de Valzergues. » Et du village de Valzergues ne sortaient plus, effectivement, que des caricatures campagnardes, chiquantes et patoisantes. Les endroits sont comme les personnes. Ils se piquent facilement au jeu.

Or, Malcastel ne rejeta pas cet homme. Dès l'abord, l'étranger se conduisit comme il le fallait. Il ne songea pas un moment à demander s'il y avait une auberge dans le pays — quelqu'un, du moins, pour loger un voyageur. Sans même adresser la parole à ceux qui prenaient le frais au seuil des portes, sur leurs chaises de paille, il parcourut le village. Ce ne fut pas long. La rue s'élargissait en vague place blasonnée par l'ombre d'une croix, redevenait chemin, puis tombait court sur le côté opposé du rempart. De ce côté-là, elle n'aboutissait pas à la porte, qui ouvrait, un peu sur la droite, ses ruines manifestement inutiles. On devinait encore des groupes irréguliers de maisons, piquées çà et là d'une lumière avare ; des masures en décombres. Pas de clocher. Après avoir mesuré son terrain, l'homme revint sur ses pas. Les boutiques fourre-tout des villages demeurent tardivement ouvertes. Dans celle de Malcastel, qu'une forte odeur épicière et quincaillière lui révéla dans la nuit, il prit une lampe électrique, du pain, un peu de saucisse sèche à la consistance de pierre. En le voyant repasser dans la rue, quelques femmes s'émurent à voix basse, craignant qu'il ne fût un rôdeur sans aveu, indécises pourtant : on se doutait, dans l'ombre même, que ses habits et sa valise étaient d'un citadin convenable. Les hommes ronchonnaient. Ces femmes avaient des peurs de rien du tout. Quand ils eurent bien répété : « Quelles fennes, quelles fennes », l'un d'eux alla voir cependant. L'étranger avait au fond du mur (une expression du pays) allumé sa lampe électrique, qui réveillait sur son passage l'ocre des pierres. A peine s'il hésita. Il fouilla de sa lumière une des masures abandonnées, non loin de la porte en ruine ; et il y pénétra. La masure était toute crevée. Aussi Malcastel, par les deux yeux attentifs du paysan, put-il voir l'étranger tirant de sa valise une couverture de cheval, l'étalant par terre, y déposant le pain et la saucisse. La lampe envoyait du sol un éclairage oblique dans lequel la figure de l'homme se façonnait curieusement. Il avait la bouche fatiguée, les sourcils plus blancs que les cheveux.

« Un grand un peu penché, qui n'est pas de par chez nous. Il s'est installé (on aurait dit qu'il n'avait fait que ça toute sa vie) et il s'est mis à manger sans se presser, comme les Parisiens quand ils dînent sur l'herbe. »

Après le rapport du paysan, ils furent tous rassurés. Ce n'était pas un voleur. Sans doute, il était bien drôle, de s'installer là-dedans pour y passer la nuit. Mais les pierres sont à tout le monde. Ailleurs, on se serait peut-être assemblé autour de l'homme ; on aurait glosé sur sa conduite. Ceux de Malcastel eurent seulement l'exclamation : « Tcheu ! quel original ! » Un original, c'est quelqu'un qui est un peu fou sans méchanceté, vend sa boutique pour un violon, fait bouillir jusqu'à son chapeau sous prétexte de lessive, tire ses ressources de la cueillette des champignons après avoir quitté une riche famille. Il existe beaucoup d'originaux, qui ne scandalisent personne. On les considère plutôt. Aussi Malcastel, investi par surprise, ne songeat-il pas à rudoyer l'homme ni à le renvoyer, et il s'endormit en l'acceptant dans ses pierres. Le proverbe n'avait pas d'application pour lui.

Le lendemain il était encore dans la masure, et le surlendemain encore. Il s'y installa. Et comme émanait de lui une autorité qui lui faisait marcher lourd sur le sol de la route, son installation fut trouvée naturelle. Les femmes passaient une à une devant l'entrée dégradée de son domicile et y jetaient un coup d'œil, mais ne parlaient pas à l'homme, qui les intimidait. Il ne faisait rien pour entrer en relation avec elles. Il digérait en silence sa dernière cure de désintoxication, et l'avis que le médecin lui avait donné à la sortie de l'hôpital : ne plus boire, s'il tenait encore à l'existence. Il tenait encore à elle. D'ailleurs, il n'avait pas beaucoup d'argent et voulait le ménager. Il faisait ses courses à nuit close ; le reste du temps, il se terrait dans sa masure. S'il avait pu trouver un lieu plus resserré encore, il en aurait fait son refuge. Il ne s'ennuyait pas : son vieux compagnon, qui l'avait conduit au vin et sur les routes, le sentiment des « ailleurs », n'était pas revenu.

Puis il sortit tout de même durant le jour, afin de voir la croix qui s'érigeait au centre de Malcastel. Elle était de la couleur du village et, sous la lumière de septembre, ajoutait une bizarrerie à l'amas de maisons enfermé dans les remparts. Les attributs de la Passion, des tenailles, un marteau, d'énormes clous, étaient figurés au bout des bras du Christ, en relief appuyé. De l'autre côté de la croix, une Vierge tendait son enfant, mais elle ne donna point une sensation d'apaisement à l'homme. La tête et les mains de l'enfant avaient seules été sculptées en relief. Le reste du corps s'indiquait à peine dans la pierre. L'artiste de campagne qui avait taillé ce monument l'avait singulièrement adapté au village, massif et sans élan comme lui. Midi sonnait en dehors du rempart. L'homme passa la porte qu'il avait franchie la nuit de son arrivée. Sur la droite, au-delà de la tour qui marquait un angle de l'enceinte, une église s'accroupissait sur un escarpement de la roche, flanquée d'un groupe de bâtiments. L'homme y fut en quelques minutes. L'extérieur de l'église était crépi, les colonnes de la porte peintes d'un rouge barbare et surmontées d'une inscription louant la puissance de Dieu ; et l'homme se dit qu'il avait vu de plus belles chapelles dans les missions de Madagascar, mais il ne parvint pas à détester celle-là. Il piétina sur la terrasse qui précédait l'église ; il s'aperçut soudain qu'elle donnait sur un paysage ouvert de prés et de ruisseaux, limité par les vignes des collines alentour. Et il en conçut une crainte. Cet ancien vagabond rentra bien vite dans la coquille de Malcastel. Il côtoya des fermes dont le linteau annonçait l'âge — 1736, 1676 —, chaque date entourée d'un cœur incisé dans la pierre. Les gens mangeaient la soupe tout près de leur porte, à cause de la chaleur. Ils ne parlaient guère et ne saluaient pas l'étranger, mais ils le suivaient des yeux, éclatant qu'il était de soleil. Lui, sous le linteau « 1676 », vit une fille agréablement bâtie qui tenait sur le ventre, d'un air d'innocence, le pain en forme de roue dentée que l'on cuit dans la région. Il se sourit à lui-même après l'avoir vue. C'était la première fois depuis longtemps qu'il portait attention à une jeune fille.

Les jours suivants, on prit l'habitude de le voir se promener dans Malcastel. Il allait et venait sans jamais franchir les portes du rempart, mais il ne donnait pas l'impression d'un prisonnier, car il escaladait d'un air de conquête les tas de ruines surmontées d'orties. Plusieurs maisons d'apparence intacte étaient abandonnées, de sorte que la dizaine de fermes vivantes, dans l'enceinte de Malcastel, défendaient mal la présence du village. L'homme ne déménagea point, mais il consolida, de planches prises un peu partout, sa masure. Il n'était plus possible de l'apercevoir là-dedans. Du reste, même la curiosité des femmes était épuisée à son endroit, et les hommes s'étaient toujours contentés d'entendre parler de lui le soir, à la soupe. Aussi ne le vit-on pas mettre en place, sur une planche soutenue par des pierres, une chemise, une cravate et un tome dépareillé des *Cahiers* de Barrès, duquel il tira un papier rose vif. Ce papier attestait qu'en 1923 Jacques Degrès avait obtenu le diplôme de bachelier ès-lettres, mention Assez Bien à chacune des parties. Tel fut l'arrangement de sa maison. Le soleil cuisait encore Malcastel, mais rien ne pouvait empêcher, hors de l'enceinte, les feuilles de tomber de plus en plus nombreuses sur la terre, car c'était la mi-septembre ; et bientôt la région entière se résignerait au déclin.

⁂

Le dimanche, il allait à la messe. L'intérieur de l'église était coupé net à la hauteur d'une arcade, et le sol s'incurvait du côté de l'autel. Mais elle gardait un reste de splendeur gothique et, sur l'autel, un retable où la Vierge montait pompeusement vers des nuages d'or. Jacques se tenait digne : les cérémonies catholiques correspondaient en lui à un sentiment de sa propre puissance. Dieu l'avait fait naître sur ce globe, et lui avait garanti une vie future. Le curé dut s'intéresser à ce nouveau paroissien dont lui parlaient les femmes. Il frappa un matin aux planches de la masure, et prit avec quelque circonspection des nouvelles. « Je me disais : m'en voici un autre à Malcastel, il faut que je sache comment il va. »

Jacques sut gagner son cœur. Il montra son livre et son diplôme ; il parla de la croix de Malcastel et s'y rendit avec le curé. Il célébra la beauté de l'existence simple, en désignant un vieux qui partait vers sa pièce de vigne, avec une blouse tachée de vin, violet sur noir. Le curé saluait de la tête ces sentiments honorables. Lui aussi aimait le village et les paysans. Parvenu à la porte du rempart, il était tout acquis. Il caressa par habitude la fente creusée depuis des siècles dans la pierre pour recevoir le pont-levis, et dit à Jacques : « Il vous faudra venir au presbytère... » Il faut, il faudra : expression d'humbles obligations dont il ne pouvait rejeter la contrainte, ni pour lui, ni pour les autres.

⁂

Jacques décida en effet le lendemain de rendre sa visite au curé. Il détourna les yeux du paysage offert par la terrasse et se dirigea droit sur la grille du presbytère, d'un pas d'homme poursuivi. Car son inquiétude renaissait. Un presbytère devrait s'ouvrir au passant, se disait-il, en pesant sur la grille qui résistait. Mais il oubliait que nul passant n'empruntait le chemin de l'église, tapie sur l'avancée d'un promontoire, et plus seule qu'un phare. Lorsque le curé s'avisa de l'approche de Jacques, ce ne fut pas, du reste, pour l'admettre aussitôt. Il était le seigneur de ce domaine, né dans la petite race du pays, qui tient à ses terres. La chaîne dix fois tortillée autour de la grille ne se laissa pas facilement persuader d'introduire vers le maître ; et ce fut le curé qui franchit le portail, pour le tirer bien vite derrière son dos. Il murmurait des phrases compliquées, issues de sa méfiance. Sans doute avait-il invité Jacques. Mais pour être poli, pour dire quelque chose. Si une paysanne pénètre dans le presbytère, elle ne tend pas à conséquence. Cet homme a déjà au contraire pénétré dans beaucoup de maisons, et qui sait ce qu'il pensera ? La conquête était à refaire. Jacques eut l'heureux instinct de parler des morts de Malcastel, qu'il s'étonnait de ne pas voir réunis autour de l'église, proclamant leur communauté religieuse avec les vivants. « Ils y étaient autrefois, ici même où nous sommes, s'excita le curé. Mais on les a délogés pour le cimetière d'en bas. Des histoires ! L'inspection sanitaire, des gens qui viennent de Rodez pour étudier le trajet des sources. » Il entraînait son interlocuteur vers le presbytère. Mais il s'arrêta net au bas du perron. Sa porte demeurait interdite, toute ridée de mauvaise peinture, au milieu des murailles à chaînons de pierres et briques alternées. Ce n'était pas la construction habituelle dans le pays. « Et moi je dis : les morts étaient là depuis des siècles. Ils n'ont jamais empoisonné personne à Malcastel. Mais les gens de Rodez sont de vieux jacobins ; ils font tout aller comme ils décident. » Le visage de Jacques se troubla si décemment au nom de « jacobins » que le curé le jugea enfin digne de franchir la troisième étape. Il l'introduisit dans une pièce qui, certes, ne valait pas la lenteur de l'initiation. Elle ne contenait dans son immensité que trois tables chargées d'instruments de mathématiques et de cahiers, et une armoire vitrée plaquée entre les deux fenêtres. On sentait la maison mal aimée, parcourue de souris le soir, amassant à toute heure dans ses angles une rancuneuse poussière. Mais son maître avait un beau regard, qui la rendait plus hospitalière.

L'étranger maniait les équerres et les compas. « Vous vous y intéressez ? demanda le curé. — J'ai été instituteur, plusieurs fois, à l'étranger », répondit-il en esquissant ce geste vague qui laisse deviner des régions innommées. Le curé ne s'étonnait point. Il voulut seulement présenter sa vigne à quelqu'un qui avait dû beaucoup en voir, et il la montra, par les fenêtres sans rideaux. Des ceps tordus sur eux-mêmes, mais pour les raisins il n'y avait rien à dire : c'étaient raisins de soleil. « Si seulement je pouvais être instituteur à Malcastel, moi qui en sais autant que les autres, soupirait le curé. Vous demanderiez aux familles d'ici, les Boual, les Déclu, les Verghnes, qu'elles ne refuseraient pas. Au lieu de ça vous avez des petites institutrices qui ne restent pas, qui ne connaissent personne. Celle qui y est maintenant, c'est encore la plus drôle. Elle est protestante ; je l'ai vue deux fois en un mois... » Jacques émit l'opinion qu'un village catholique devait avoir des éducateurs catholiques. Il parlait des morts et des éducateurs du village avec l'aisance d'un homme qui a toujours emporté avec lui un tome des *Cahiers* de Barrès. C'était lui, le prédicateur. Car, de ses mains héritières de générations paysannes, le curé ne savait pas prendre les idées générales. Mais il revint à sa vigne, nomma les collines qui la surmontaient, et se transfigura soudain, parce qu'il pouvait décrire les montagnes d'Aubrac à un homme qui ne les connaissait pas. Il aimait l'Aubrac, où il était né. Il ne savait pas dire cet amour ; il trébuchait sur tous les rochers qu'il essayait d'évoquer : pourtant il était heureux de respirer l'air de là-haut, d'y accomplir de longues marches. Et son bonheur se voyait. Or, Jacques avait peur, dans les murs de cette pièce, comme s'il avait entrevu un grand vide. Il ne pouvait pas éviter les paroles du curé aussi aisément que le paysage découvert de la terrasse, devant l'église. Il avait peur. Barrès ne vaut pas grand-chose devant les vieilles habitudes. Le curé, devenu dionysiaque au souvenir de sa montagne, ne s'arrêta qu'après avoir empli Jacques de terreur.

La masure devenait froide, en ces nuits qui tombaient à l'avancée de l'automne. Personne n'adressait spontanément la parole à l'étranger : qui habite Malcastel ne s'étonne de rien, mais ne se compromet pas volontiers. Les femmes, maigriottes, vêtues de couleurs sombres, cessaient de s'entretenir des événements du village dès que Jacques entrait dans la boutique. Et si le gamin de l'épicière lui souriait et le servait avec empressement, cela ne suffit pas à retenir un homme. C'est pourquoi Jacques, un matin, ayant refait son bagage mais laissé en place l'étagère dans la masure — une trace, au moins, de son passage — franchit la seconde porte du rempart, celle qui se ruine à l'écart du chemin. Il n'avait pas besoin de routes. Le matin s'étalait campagnard, sans finesse excessive ; et lorsque la lumière fut levée, Jacques put constater qu'elle se donnait tout franc sur le village, loin de le caresser avec subtilité, comme dans les régions maritimes. Il essaya d'en faire un reproche à Malcastel. Mais il sentait bien qu'une paix palpable lui conviendrait mieux que la subtilité. Débouchant dans un paysage nu, ouvert au vent, il n'en était pas aussi heureux qu'il l'eût été naguère. Il parvint subitement à la route qu'il avait quittée des kilomètres en contrebas pour se rendre à Malcastel. Le voici de nouveau, sa valise à la main, sur le goudron qui lui avait fait horreur. Mais son ombre était plus pâle dans la menace de l'hiver.

A trois kilomètres d'Aubrac, la route offre dans un creux l'un de ces bois qu'on imagine étant enfant, lorsqu'on rêve sur le premier livre de géographie. Jacques céda au charme : il avait beaucoup marché déjà. Il pénétra dans le bois, s'allongea et regarda vaguement les nuages. L'air avait gardé sa vivacité au cœur même de la sapinière. Ce fut peut-être lui qui porta conseil à cet homme venu de si loin. Rempart des arbres ou rempart de la pierre, afin qu'il ne rencontre plus sa vie. Fleur de l'air ou des jeunes filles, afin qu'il ne rencontre plus sa vie. Jacques se leva, et reprit la route à rebours. Malcastel avait gagné. Quand le voyageur passa la grand-porte, il vit le fils de l'épicière jouer avec un gros insecte, qu'il avait posé sur le socle de la croix. Tous les gens du village étaient à la vendange, et les chiens dormaient dans les fermes.

III

C'était maintenant entre l'homme et le village bien autre chose que ce contact fugitif que l'on prend avec des lieux où l'on hésite à vivre. Il savait qu'il avait choisi, un jour d'automne et de vent : sa masure acquérait des airs de chez-lui ; des nœuds dans le bois, une irrégularité dans la terre battue lui étaient devenus familiers. Sans doute, il rêvait encore, et particulièrement au petit jour, de ce sommeil qui macule les salles d'hôpital. On se tourne, on se retourne, et l'horreur vous fait manquer les dernières marches d'une citerne. C'est l'heure des cris de bête qui éveillent les voisins, et de la garde qui accourt. Lui, il avait découvert son remède à l'angoisse. Quand les images devenaient trop insupportables, alors, protégé par la double coquille de sa masure et de l'enceinte dans laquelle elle se logeait, il coupait son rêve dans un grand effort et s'éveillait. La première fois qu'il y réussit, il songeait qu'il était collégien, dans une des mornes classes qu'il avait connues. On lui donnait à écrire une narration qu'il devait rendre très vite, et voilà qu'il commençait sur un faux sujet, un sujet tout autre que celui qui lui était proposé. Il le savait fort bien, tout en écrivant, écrivant. Il se plongeait dans sa propre damnation. C'est alors qu'il força son cerveau, s'agita et parvint à pousser un volet sur le rêve. Il traitait maintenant le sujet qu'il fallait ; mais il n'avait pas de papier et se voyait contraint d'écrire par terre, dans une poussière qui, Dieu merci, ne manqua jamais au collège. Il n'aurait pas fini à temps ; et d'autant moins qu'il se sentait inspiré. De plus en plus vite, mais les mots se multipliaient dans sa tête... Avant de se perdre, il força encore, et cette fois il se retrouva chez lui, roulé dans sa couverture, entouré de murs. L'odeur des feuilles mouillées par le matin le pénétrait ; non loin au-delà de l'enceinte, une voix s'exclamait contre un cheval qui hennissait doucement, et c'était comme si les mauvais songes n'existaient pas. Le cauchemar n'aurait plus de droits sur lui, tant qu'il parviendrait à savoir qu'il reposait en ce lieu clos.

Cette rue transversale toute simple, qui trace la voie d'une porte à l'autre, avec un raté, une indécision près de la montagne ; le curé qu'il voit deux fois la semaine pour célébrer le pays et entendre parler de la paroisse, si bien qu'il connaît propriétés et parentages de ceux que le dimanche réunit devant lui à l'église ; le compte d'un argent qui fond peu à peu ; la toilette matinale au ruisseau du ras de l'enceinte ; les heures enroulées dans le silence, sans besoin, sans pensée aucune ; et, la planche une fois écartée de la fenêtre, les grands vols de septembre qui traversent son rectangle de ciel : tout cela fait une vie. Jamais présent de paix ne fut mieux goûté. Il a fait sur une de ses planches une marque au canif : c'est sa marque, celle qu'il regarde de préférence en interrompant le cauchemar de la nuit. Vivant dans sa gangue, il prend garde à ne pas même respirer trop fort. Il se soucie peu de ses comptes ; il les fait comme il alignerait des cailloux, par curiosité désintéressée. L'argent, c'est encore ce qui lui a le moins manqué jusqu'alors.

⁂

Petit à petit, mon dieu ! une semaine poussant l'autre, les vivants s'aperçurent aussi que l'inconnu faisait partie du village. Ce ne fut rien tout d'abord, un « Monsieur » répondant à son salut d'entrée, chez l'épicière ; des hommes le regardant en face quand il les croisait, au lieu de rester les yeux dirigés sur un point vague, avec un petit quart de prunelle de son côté. On prit l'habitude de le voir à la messe. Les femmes se dirent : « Vous savez qu'il se tient, quoique vivant dans son trou. Bien des hommes seuls ne seraient pas si propres chez eux. » On remarquait sa politesse, son accent de Paris. Le fils de l'épicière fit sa rencontre un jour de semaine sur l'esplanade de l'église, alors qu'il revenait de polissonner avec son chien, et il fut conquis par l'intérêt que marqua l'étranger à faire courir, sauter, aboyer sa bête. Enfin, on ne lui parlait pas davantage ; mais il vint un jour où une femme, racontant les couches de sa belle-sœur, ne s'interrompit pas à son entrée dans la boutique de Malcastel.

*
* *

L'institutrice prit ce moment pour déraisonner. Un jeudi, entourée des enfants stupéfaits, elle demeura des heures à regarder couler l'eau de la Boralde, qui passait maigre et claire sur les pierres. Elle-même oublia la place qu'occupaient sur la carte muette les chefs-lieux de département, et Guéret prit une vigoureuse existence, substitué à Bordeaux par ses soins. Des cartes complètes sur leurs genoux — de peur de se trop fatiguer — les élèves aperçurent l'erreur ; ils la dénoncèrent à leurs parents, qui furent atteints dans leur respect des nomenclatures.

Les fleurs dépérissaient dans la niche qui surmontait la porte de l'école. Or, elles y remplaçaient une Sainte Vierge qui bénissait les passants de sa main rosâtre, au temps où l'école était tenue par des religieuses. Ces fleurs étaient considérées par les autorités civiles comme l'emblème de la laïcité. L'institutrice blasphémait, en les négligeant. Le curé lui-même, par sympathie, souffrit du blasphème, et il écrivit une pétition que signèrent tous les parents. L'inspecteur n'avait qu'à la reprendre, cette institutrice qu'il avait si mal choisie ! En attendant, les petits n'iraient plus à l'école, crainte de malheur.

Et ils firent comme ils disaient. Les petits s'ennuyaient dans les cuisines, exaspéraient leurs mères, foulaient dehors le fumier jaune qui couvrait le pavé et revenaient un peu plus sales qu'il n'était permis, même dans Malcastel. La Boralde séculaire coulait plus froide chaque jour, insinuant à l'oreille des gosses qu'il fallait prendre une liberté d'octobre et de novembre, jusqu'alors inconnue. Dans le vent qui coupait la figure, ils ramenaient au village de longs fragments de plantes aquatiques qui traînaient sur le sol. Les souliers glissaient sur eux, et ce n'était vraiment pas la peine d'avoir la rivière hors de chez soi pour la trouver maintenant dans les chemins, et jusqu'à la maison.

Cela dura plus d'un mois, pendant lequel l'institutrice ne mit pas les pieds au village et fit ses achats au bourg, cependant éloigné. On la voyait sortir de sa maison avec de grands éclats de rire, vers la Boralde, le soir ; et l'on avait peur, et l'on se dépêchait de rentrer dans la muraille, d'aller inspecter les brebis à la lueur du caleil tremblant d'huile sale. Parfois les brebis se mettaient à balancer la tête, par contagion d'une seule bête qui le faisait. C'était alors que Jacques passait près de la petite embrasure de la fenêtre. On lui donnait le bonsoir, auquel il répondait avec une dignité flatteuse. Depuis qu'il avait regagné l'enceinte du village, il se promenait chaque soir, comme dans une maison. Il se plaisait à déclarer au curé qu'il avait suffi d'un lieu où les gens s'étaient gardés simples pour lui faire trouver sa vie à lui-même. Il ne disait presque jamais que bonjour ou bonsoir aux habitants ; mais jusque dans ses murs de pierre, avec sa vie sur une planche, il savait qu'il appartenait à ce village décharné, bien plus intéressant que les gros villages de son Nord, richement épandus sur la plaine.

Les gens de Malcastel, eux, s'étaient comme attachés à cet étranger, à mesure qu'ils s'opposaient à l'institutrice. En voilà un qui était venu sans être obligé par personne, et qui s'était bien habitué. On sentait pourtant qu'il avait connu d'autres pays, qu'il avait autant et plus d'instruction que « la petite » ; et il était toujours aimable. Les femmes se faisaient du souci à le savoir dans sa masure, tandis que l'odeur de la forêt devenait de plus en plus insistante, preuve que l'hiver s'avançait rudement : mais elles ne savaient pas comment l'aider. Il n'était pas de ceux à qui l'on propose d'entrer se chauffer ou manger un morceau. Un homme bien, qui a eu des malheurs. Un village, soutien de vie. Voilà les termes où ils en étaient l'un envers l'autre.

***

— Je vais vous enseigner, moi, comment l'aider, dit le curé au sortir de la messe de Tous les Saints, alors qu'on le voyait s'enfoncer dans la brume. L'inspecteur s'annonçait pour la semaine suivante, et c'était bien heureux, parce qu'on ne pouvait plus rester ainsi, les enfants à l'abandon. Le village se mit d'accord ; les femmes gagnèrent chacune les hommes de leur maison, après ce colloque avec le curé. On saluait déjà l'étranger avec plus de considération.

Ainsi Jacques fut-il visité dans sa masure par

l'inspecteur primaire. Celui-ci n'aurait, de sa vie, cru accomplir une si étrange mission. Mais l'on savait bien que rien à Malcastel ne se passait normalement. La petite institutrice était bonne pour un congé de maladie. Le département n'avait pas assez de suppléants pour occuper même les postes habituels, prévus dès la rentrée ; une absence en novembre ne serait pas réparable. Et voilà que le curé racontait une histoire de bachelier tombé dans Malcastel, adopté par lui. Que son diplôme soit vrai seulement, et je le leur fais nommer instituteur, cet artiste (un artiste, chez les gens de l'Aveyron qui ne le sont pas, est d'emblée un fou). L'inspecteur s'entretint brièvement avec Jacques, impressionné quand même par la tenue et le langage de cet homme qui vivait dans une tanière et se lavait à la source des Poldes, dans le pré qui jouxte le rempart. Il vit ses papiers, releva des noms et des dates. Quand il repartit par la grande porte de Malcastel en faisant des enjambées inégales par-dessus les débris de fumier, il avait l'air agacé par une guêpe, et les gens du village en eurent plaisir. On lui en trouve, des instituteurs, ce n'est pas la peine qu'il nous en envoie...

La visite de l'inspecteur avait réjoui Jacques ; elle ne l'avait pas étonné. Ce n'était pas que le curé lui eût dit les projets de Malcastel. Leurs entretiens étaient plus élevés. D'ailleurs, parler de ce qui n'est pas accompli ne saurait convenir aux paysans des collines. Mais Jacques trouvait tout naturel de recevoir une place de maître, persuadé que l'injustice était dans les déboires de sa vie passée, non dans l'exaltation présente. Il donnait au nom de maître son sens plein.

(Cependant, si l'on avait creusé la colline au pied de sa masure, on aurait trouvé la flèche qu'un homme sans menton avait lancée contre une chèvre sauvage, quelques dizaines de millénaires auparavant. Cette flèche n'avait pas atteint son but, parce que la chèvre était maléfique et ne pouvait être blessée.)

L'idéal de l'instituteur ferme, bon et sobre à jamais, bien sûr, était tout formé dans la tête de Jacques. Il suffit de trouver le lieu où l'ennui n'a plus cours, et l'on devient le véritable M. Degrès. Jacques sortait de ses pierres et de ses planches avec l'autorité déjà de ceux qui, par les enfants, vous tiennent un pays. Il parlait aux mères de ses quatorze élèves, qu'il appelait par leur prénom en caressant leur tête. Mais toutes les giroflées de la muraille étaient mortes de froid ; le gel était descendu de la montagne et mordait les rives mêmes de la Boralde, sans que vînt la nomination du nouvel instituteur. Les gens de la ville ne sont pas pressés d'instruire nos enfants, qui en sauront toujours assez pour gratter la terre. On murmurait dans les cuisines basses, et, finalement, les plaintes revenaient au curé. Celui-ci comprenait sans doute mieux la lenteur des vérifications ; mais ce village était à lui, tout d'abord, bien mieux qu'aux lointains administrateurs. Pour l'institutrice, elle était partie voilà belle lurette en maison de repos. Le froid, dans la masure mal jointoyée, devait mordre M. Degrès. Le curé se disait : M. Degrès. Il s'agitait dans sa chambre, où nul de ses paroissiens n'était entré depuis son intronisation. La fenêtre clignait au rythme d'un arbre irrégulièrement agité par le vent, devant elle ; et elle éclairait les clefs de la maison d'école, au sommet d'un tas de brochures pieuses placées à même le plancher.

Cela ne pouvait durer plus longtemps. Malcastel avait choisi son instituteur. Il l'installa. L'inspecteur écrirait quand il voudrait. Un dimanche, au sermon, le curé annonça que l'école reprenait le lendemain, et ses paroissiens n'en demandèrent pas plus. Les enfants eux-mêmes n'étaient pas fâchés de retourner en classe, soit que l'inaction, à force, leur pesât, soit qu'ils fussent curieux d'avoir un nouveau maître. Jacques se tenait dans l'église au rang qui lui convenait désormais : le premier. Il lui plaisait d'être annoncé en chaire : il y voyait une marque de sa puissance, qui se manifestait secrètement plus encore, puisqu'il usurpait en quelque sorte sa fonction.

Le curé lui avait ouvert la veille au soir la maison de l'école, qui, délaissée depuis peu, sentait déjà l'abandon. Jacques avait pénétré dans cette pièce sans volets qui, naguère, avait porté devant lui le premier témoignage sur Malcastel. Il y avait trouvé un tube de rouge à lèvres à moitié vide, un crayon épointé : ces reliques de l'institutrice, le curé les avait rejetées avec dédain. Il méprisait les femmes. Jacques l'en avait approuvé, en partisan de l'autorité romaine, mais il avait pensé en même temps à la jolie fille qui coupait le pain sous le linteau ancien. Cette pensée ne s'accordait pas avec les paroles qu'il prononçait. Au premier étage demeuraient dans la chambre les rideaux en filet qu'avait placés l'institutrice. Le curé leur donna un mauvais regard et s'en retourna, croyant avoir terminé la visite des lieux, quand Jacques lui fit remarquer une porte dont il fallut longtemps chercher la clef au trousseau. « Je vais vous dire ce que c'est, expliquait le curé. Pas une pièce, mais un coin, où vous trouverez un tas de vieux papiers. Un point, c'est tout. Le dernier instituteur (je vous parle d'il y a bien dix ans) avait mis là des cahiers de classe et ce qu'il appelait des archives — comme s'il pouvait y avoir des archives à Malcastel ! Il était un peu original. Je me suis dit, après sa mort, qu'il faudrait bien jeter cette paperasse ; mais on est pris par l'un ou par l'autre ; on n'a jamais une minute. Ce n'est pas les petites institutrices qui s'en seraient occupées. »

La porte s'ouvrait enfin sur une pièce vague dans l'ombre. On devinait des piles de cahiers et de papiers.

— Vous n'y avez pas l'électricité. Mais ça n'empêche pas : un jour, vous trouverez peut-être bien le moyen d'y monter et de trier les papiers. Je parie que les trois quarts sont bons à jeter...

— Et la pièce, dit Jacques, pourrait servir à autre chose.

IV

— Il a eu des malheurs, pensaient les gens, mais c'est un monsieur.

Jacques se donna l'absolution, lui aussi, en tâtant du pied ses draps le samedi de son installation ; il avait oublié leur contact depuis l'hôpital. Absolution à lui-même, encore, au prône du curé, le dimanche matin ; encore l'après-midi, quand il lut le cahier qu'avait commencé l'institutrice pour relater la vie de son école. Il allait prendre la suite.

Lorsqu'il se glissa pour la seconde fois dans son lit de chrétien, le silence glaçait tout le voisinage, plus mordant que le gel. Jacques trouvait bon de n'avoir plus à tendre ses énergies, sous la couverture de cheval, pour s'empêcher d'aller demander asile au curé. Il se voyait déjà au lendemain, dans une classe chauffée, dominant quatorze enfants de ses sentiments adultes. Il se voyait si bien que, soudainement, il se trouva transporté en chair et en os dans la classe. Il donnait une dictée d'une voix régulière, tandis que les plus petits recopiaient un modèle d'écriture. Il relut le texte, accorda aux enfants dix minutes pour se corriger, et passa derrière eux, surveillant leur travail. Dehors, les branches craquaient de froid. Il parvint à la dernière fillette, qu'il connaissait bien déjà pour avoir parlé plusieurs fois avec elle et sa mère sur le chemin de Malcastel. Son cahier, les cheveux ramassés en nattes doubles, le nœud du tablier dans le dos, il voyait tout cela. Et voici que la fillette se retourna vers lui, et c'était, tout contre son visage, la figure de sa propre mère, morte depuis vingt ans. Faire en sorte de s'éveiller.

Pénible réveil. Une lueur d'hiver passait par les rideaux en filet rebrodé. Jacques chassa sa vision — songe, mensonge — et redevint M. Degrès, qu'un rêve ne doit point sortir de son personnage. Il fit, le reste de la nuit, un somme d'instituteur ; le matin, c'était la classe chaude, les enfants connus, la dictée « suivie de questions ». Il avait eu des malheurs, mais il s'était repris.

⁂

Le soir même de ce premier jour de classe, il se rendit au débit-épicerie-mercerie, l'unique centre commercial de Malcastel (et les paysans de Malcastel allaient jusqu'à le choisir comme intermédiaire pour vendre les œufs et les volailles. Si l'on vend directement, on débat son prix : il y a toujours un mécontent). Quelle différence avec le soir de son arrivée, quand il avait imposé sa présence ! Maintenant il vivait au cœur de ce village. Les règles les plus sociales se satisfaisaient de sa vigilance. Instituteur : celui non seulement qui instruit, mais qui élève les gens à la compréhension de leur propre rôle. Or, il n'était pas instituteur dans quelque recoin du monde, mais bien dans un lieu de France que l'on pouvait avouer et situer, dans l'Aveyron, juste au pied des monts d'Aubrac. Telle était la formule qu'il emploierait, sorti (qui sait ?) de Malcastel, pour se présenter aux autres. N'aurait-il pas le droit de se moquer, avec même une pointe d'indignation, de ceux qui ne sauraient pas identifier la région ?

Aussi allait-il chercher dans la boutique des témoignages de sa valeur nouvelle : filtre à café, lacets de rechange et ce superflu, des graines de fleurs. Il rêvait d'en ensemencer deux plates-bandes qui encadreraient la porte de la classe.

Or, le fils de la boutiquière était tout frais élève de Jacques. Il était revenu de l'école avant que le maître en sortît seulement, parce qu'il était attiré par la perspective de glisser sur les chemins d'argile gluante qui descendent la colline d'Albespin. Les enfants ont toujours hâte de mal faire. Tout juste s'il prenait le temps de poser son cartable sur le comptoir des marchandises, et le voilà reparti.

Ce ne fut pas vers ce comptoir que Jacques se dirigea d'abord. Sans doute était-il entré pour acheter ; mais il dut se conformer au rite qui dirigeait les visiteurs de marque, en un premier temps, vers le comptoir de la buvette — situé en face de l'autre, et collé de taches vineuses. Qui donc serait de marque, sinon l'instituteur ? Nouvelle situation, nouveau respect : la boutiquière lui versa gratis le vin du pays, et deux verres encore, pour fêter son entrée en charge. Elle avait d'ailleurs bien de quoi parler pendant deux consommations ; le temps de passer en revue les enfants, de les placer chacun dans sa maison, de conter la révolte du village contre une institutrice qui n'avait « fait recevoir au certificat » aucun élève, trois ans auparavant... Deux verres, cela fait tout près du demi-litre, sans tirer à conséquence : les habitants de Malcastel peuvent en boire trois ou quatre sans que soit entamée leur solidité. Jacques les but.

Deux portes ouvrent de la boutique vers l'intérieur de la maison : l'une sur la cuisine, l'autre sur la salle à manger sainte, qui n'admet les visiteurs que certains dimanches. Têtières sur les fauteuils, napperons au crochet sur les buffets et les tables ; mélange de renfermé et de liqueurs toutes sucrées de vieillesse, odeur convenable aux réceptions solennelles. La porte de la salle à manger s'entrebâille ce jour-là : seul le gamin a pu enfreindre l'usage. *Les enfants ne savent pas quoi faire pour mal faire.* Voici qu'une des poules vaguant entre boutique et cuisine trouve l'ouverture, pénètre dans la pièce interdite. La boutiquière se précipite dans la pénombre des volets clos, se heurte aux murs, se bat longtemps contre la poule, qui refuse l'obéissance et s'élève dans un fracas d'ailes contre les napperons. Elle les gâte, la sale bête ! Et Jacques, seul, se retourne vers le comptoir aux marchandises.

Dans le vacarme, il regarde mollement les objets proposés à son choix, quand ses yeux se portent sur le cartable que l'écolier vient d'abandonner. Sitôt vu, sitôt fait : il ouvre le cartable, y saisit le gros cahier où l'enfant consigne depuis l'année précédente maximes morales et vérités scientifiques (la municipalité fait servir ses cahiers deux ans, par économie), et il le fourre sous sa veste. C'est avec beaucoup de naturel qu'il demande sa marchandise à la boutiquière, échappée au volatile quelques minutes plus tard ; avec beaucoup de naturel encore, il lui fait remarquer combien son fils aurait été mieux inspiré en plaçant ses affaires en lieu sûr. *On a tant de mal, monsieur, quand on est veuve avec un garçon ! Oui, on a tant de mal avec un garçon.* Elle, elle venait d'une famille qui avait toujours habité Malcastel, et qui n'avait pas accepté sans réticence son mariage avec un garçon de la montagne. Ils avaient installé l'épicerie ; ils étaient heureux, quand son mari était mort subitement d'une péritonite. Elle avait retenu le nom de la maladie, qu'elle prononçait comme un mot de langue étrangère. Et elle élevait son garçon, comme elle pouvait, sans homme à la maison.

C'est ainsi que « cela » reprit forme. Il ne fallut pas longtemps. Situation, vie sociale, qu'étiez-vous auprès de ces deux verres de vin que l'écolier, lui, aurait peut-être avalés sans beaucoup s'en ressentir ? Le petit vint dans la soirée. Barbouillé de larmes, et la glaise encore lourde sous ses chaussures, il demanda au maître la permission de chercher dans la classe. Il n'aurait pas dû soulever le couvercle des pupitres, mais bien celui du poêle rond, dans lequel, roulé en bûche, son cahier se carbonisait page après page, bien lentement. Après son départ, Jacques se pencha sur le foyer pour regarder l'écriture naïve pâlir à la flamme, puis être dévorée. Il donnait de temps en temps un coup de tisonnier pour séparer des autres les parties déjà consumées. De fines particules noires jaillissaient du poêle, et se déposaient sur les pupitres et sur les cheveux du maître. Il n'y eut plus, durant des mois, de glissades pour le fils de la boutiquière ; plus de pêche aux Boraldes, plus de courses à la quête des prunelles gelées qu'offrent les buissons d'hiver. Sa mère avait débarrassé la table de la salle à manger de ses napperons, l'avait couverte d'un journal ; et sur elle, il copiait, copiait dans un cahier nouveau toutes les leçons de l'année précédente. Ainsi l'avait exigé Jacques.

V

Le lendemain était un mardi. Les enfants arrivaient de tous les côtés de la route et des chemins, vêtus de laine et de grosses étoffes brunâtres, les mêmes que les enfants de Malcastel avaient toujours dû porter depuis le début des temps. Ils n'avaient pas de légèreté : les galoches tapaient, floc, sur la terre humide. Leurs rires n'étaient pas fins. Ils se poussaient avec des interpellations et des phrases d'adultes : « Han ! Je vais t'avoir ! — Si tu continues, je te fous mon poing sur la figure. » Les filles avaient des nattes, sauf les grandes, et pleuraient volontiers en chemin parce qu'elles avaient reçu le contrecoup de la poussée des garçons. Mais l'entrée en classe les modifiait tous. Un battant de la porte s'ouvrait aux enfants qui passaient en file indienne, disaient tout du long, avec leur accent insistant, bonjour au maître, pendaient leurs affaires au fond de la salle et s'asseyaient, domptés. Il y avait le côté des filles et le côté des garçons. Au bout de l'allée de séparation, comme un gros surveillant en face du maître, se tenait le poêle. Six d'un côté, huit de l'autre, cela fait du volume. Les filles étaient les plus nombreuses et le savaient bien : à peine franchi le seuil, elles reprenaient de l'importance, déliées du sentiment de leur faiblesse physique. C'était un pas plus relevé ; puis, une fois tout le monde installé, un regard de mépris envers tel garçon qui se mordait les ongles de ne savoir répondre aux questions du maître.

Jacques aimait son métier pour la simplification qu'il apportait dans ses rapports avec le petit monde, image, il en était persuadé, du grand. Il régnait avec pleine licence sur quatorze hommes et femmes de l'avenir, qu'il voyait dans leur vie abstraite d'école, distribués par classes, du « préparatoire » au « supérieur ». Quelle satisfaction pour lui, s'il les contemplait tous occupés, les uns à former laborieusement des chiffres, les autres à analyser des phrases, à déjouer les pièges des problèmes de stères et d'hectares ! Sur ces têtes penchées, il brandissait le glaive de sa justice.

Trône, la vieille chaire en était un, certes, et des plus absolus. Il voyait sans nul remords, en ce mardi matin, fumer le poêle nourri du charbon communal. Le cahier avait disparu. C'était là simple incident de sa vie désormais vouée à former des intelligences. Il disait : former des intelligences, et il le pensait vraiment. Juste en face de lui, la gravure violemment coloriée d'un toucan était fixée au mur par quatre punaises. Un doigt se levait. Jacques accordait la permission de demander une gomme dans la classe. Lui seul pouvait l'accorder. Lui seul pouvait, en temps ordinaire, savourer le spectacle des champs et des collines au-dessus des carreaux de verre dépoli surmontés d'une vitre claire. Pourtant, il interrogea le grand Charrier qui se présentait au certificat d'études ; et il surprit l'adolescent, une fois monté sur l'estrade, en train de regarder un homme aux semailles, un cheval, points isolés l'un de l'autre, mais unis dans le cadre de la fenêtre. Une jalousie lui vint ; il avertit les élèves qu'il les interrogerait désormais à un tableau mobile situé au bas de l'estrade.

Corriger les cahiers, le soir venu, lui fut une joie. Il notait les fautes et les sanctionnait, assis à sa chaire, dans l'odeur des châtaignes qui cuisaient sur le poêle. C'est tout exprès qu'il s'était installé dans la salle de classe. De temps à autre, une châtaigne éclatait durement : mais cela ne distrayait pas Jacques de son travail, car les fruits aussi lui avaient été apportés par les enfants, qui les ramassaient en se rendant à l'école.

Mardi. Mercredi, tout va bien encore. Mais jeudi vient. C'est un jour vide, sous le ciel blanc de novembre. Jacques lit encore, le matin, des cahiers d'élèves. Mais il songe en déjeunant au désertique après-midi qui l'attend. Un paysan le salue au passage du chemin. Il est maître d'école, son univers bien assuré autour de lui. Sans y penser, il étend le bras, se verse un second verre de vin. Il tombe dans l'ivresse, tout net.

Il a eu raison de brûler le cahier du petit. C'est un acte qui lui appartient maintenant, à lui seul. Il se sent bien. Non plus l'état pâteux des jours de grande goguette, mais une liberté soudain reconquise, au-delà des mots et des pensées convenables. Il peut marcher, parler ; comme un chien guéri d'une blessure, il se hâte d'user de cette vigueur en parcourant sa cuisine et la classe. Il ne sait trop à quoi s'éprendre, ouvre le placard des fournitures scolaires, s'absorbe dans une photographie en couleurs de forêt vierge. Il lui semble la voir s'ouvrir, au-delà des carreaux en verre dépoli ; il lui semble qu'un écolier — blond et tel qu'il fut lui-même — imagine, de la place tachée d'encre où il est assis, cette splendeur sensuelle. Fi du maître régnant en chaire !

VI

Il s'était juré, le lendemain matin, de ne pas recommencer, ayant encore dans l'oreille les phrases menaçantes du médecin. Opportunes occupations : l'école, et, le dimanche, la messe, les respects des parents d'élèves, une conversation avec le curé. Dimanche : jour d'une vénération qui tient les gens raidis contre eux-mêmes. Mais la poigne du Seigneur ne saurait tenir les faibles toute une semaine.

Il se versa de nouveau un peu trop de vin : pure distraction qui manqua lui coûter cher, car elle se produisit un jour de classe, à midi. Les cours qui en résultèrent ne ressemblaient en rien aux cours habituels, où toute la ruse du maître et tout son amusement consistaient à faire trouver, par exemple, la vie et les surnoms des rois Louis qui précédèrent Louis IX : Louis II le Bègue, Louis VI le Gros, Louis VIII le Lion... Cet après-midi-là, il entretint les enfants de ses voyages ; il arrêta sur le fils de l'épicière un regard tellement affectueux que le gamin s'en aperçut lui-même. Il rit des bourrades que le grand Charrier appliquait sournoisement à son voisin, Georges Boual. Enfin, le monde renversé.

Si bien que les élèves, de retour chez eux, déclarèrent que le maître était sans doute malade, parce qu'il semblait tout drôle. Quelqu'un partant pour Espalion toqua la porte pour avoir des nouvelles.

Pour cette fois, l'aventure avait tourné court. Mais l'éventualité restait, redoutable, d'un retour aux abîmes. Jacques fut alors envahi par une tristesse qu'il n'avait pas sentie depuis sa venue à Malcastel. Impossible de fuir. Comment échapper à la soif ? Et fallait-il que le monde sur lequel il régnait déjà fît place au monde ignoble et difficile, dans lequel il avait bu, voyagé, bu encore et succombé ? Le livre jaune éclatait sur une étagère : Barrès, qui l'avait accompagné partout. Alors il prit une résolution. Il crut la prendre seul et dans le secret de lui-même, mais il n'est pas sûr que, de la terre de Malcastel qui entourait sa maison d'école, un cheval ne l'eût pas fait surgir en frappant du sabot. Quoi qu'il en soit, le maître décida de boire chaque jeudi et chaque dimanche, quand le soir viendrait, les deux verres au-delà desquels il franchissait le seuil de la respectabilité. Peu de gens s'aventuraient le soir hors de chez eux. Il suffirait d'ailleurs qu'il n'ait point de classe à diriger. L'alacrité du vin n'était pas dangereuse autrement. Après boire, il ressentait seulement de l'excitation, le mépris des règles, mais non plus ce brouillement de l'esprit et cette lourdeur corporelle qui avaient été jusqu'alors son apanage dans l'ivresse.

« Deux verres ! pensait-il. Ce n'est pas de quoi me tuer, deux fois par semaine. Le reste du temps, de l'eau. » Il marchait dans la cuisine, comme faisant les cent pas pour mieux convaincre un interlocuteur : et quel interlocuteur ! Un Jacques couleur de brouillard, tout près de lui. Soudain il ouvrit le placard où se trouvaient entreposées onze bouteilles de vin, les déménagea sur le rayon le plus haut. Ce serait le rayon des soirs de congé.

VII

L'hiver avançait. Au bas de l'Aubrac, les arbres caducs avaient dépouillé leurs feuilles ; les lourdes terres s'étendaient en silence. Plus guère de travaux au-dehors ; plus de chevaux ni de vaches dans les prés gluants. Ceux de Malcastel s'étaient retirés dans leur coque, loin du monde. Sans doute certains en recevaient-ils des signaux par la radio ou le journal ; mais rien ne les intéressait plus, dans *La Dépêche du Midi,* que les rubriques locales d'état civil, et la radio servait surtout à provoquer les « Si c'est possible ! » des femmes. Ceux de Paris agitaient des intérêts bizarres, tout à fait étrangers aux étables et au séchage des châtaignes. La belle-fille Barre eut un garçon ; une vache creva dans l'enceinte de Malcastel, sortie, pour mourir, devant la croix des anciens. C'étaient là de vieilles nouvelles, comme on pouvait en apprendre tous les ans.

De son côté, Jacques s'était établi depuis quelques semaines dans l'alternance qu'il avait souhaitée. Il aimait en classe les développements moraux et l'histoire telle qu'on la lui avait apprise pendant « l'autre guerre ». Il ne relâchait pas la discipline. Parfois, en voyant les plus aimables des grands, il songeait à ses propres enfants, qu'il avait quittés.

Vers le milieu de décembre, une succession de jours jaunes éclaira le vieux fort de Malcastel et la rivière qui coulait rapide, un peu lointaine, au milieu des sapins et des fougères. Jacques ne pouvait sans attendrissement évoquer ce soleil certains soirs : chaque jeudi et chaque dimanche, depuis des semaines, il montait sur une chaise pour atteindre les bouteilles. Puis c'était un tunnel, et l'autre Jacques tout près de lui, impalpable, gai, disposé à jouer avec les animaux errants autour de la maison d'école, à ouvrir le tome de Barrès pour y trouver sujet à sourire, et tous les livres de classe pour les poèmes qui s'en élèvent spontanément, quand on ne les surveille pas. Ces beaux jours de décembre étaient un trésor.

Mais une nouvelle, une vraie, une proche et non ancienne, étourdit alors le village. Une petite fille disparut de Saint-Côme un dimanche après-midi. C'était une petite accoutumée à se promener seule ; aussi les parents ne s'inquiétèrent-ils que le soir. Les gendarmes fouillèrent une région de plus en plus vaste autour du bourg. Ils ne parvinrent à la Boralde de Malcastel que le mardi. Le soleil éclatait bas dans le ciel ; deux ou trois hommes s'étaient joints aux gendarmes. Mais ils secouaient la tête. Jamais rien n'était arrivé du côté de la Boralde. Tous en remontaient le cours vers l'Aubrac, s'éloignant de Malcastel qui apparaissait, avec son enceinte, comme un village des anciens temps.

Ce fut le chien des gendarmes qui la trouva. Son corps se voyait bien en plusieurs endroits, tant ses vêtements étaient déchirés, presque réduits en lanières. Un coup de couteau avait rayé sa figure. Les hommes pénétrèrent dans le fourré à la suite du chien : mais c'était un spectacle tellement difficile à supporter qu'ils regardèrent surtout la Boralde. L'eau coulait claire, ayant mangé les paroles qui avaient retenti là.

Tout le village sortit de ses murs. Les enfants à leur tour, à peine hors de l'école, se précipitèrent, et le curé en sarrau de jardin. Il y en eut pour des veillées et des fins de messe à remémorer l'enquête (mais nul de Malcastel n'avait rien remarqué, le dimanche 7 décembre), l'arrivée des parents de la petite, et celle du médecin, et l'autopsie sur une table de ferme, et la conclusion que la petite avait été violée et tuée. Non, jamais le village n'avait connu de tels événements. Et les mères disaient à leurs filles de bien veiller à ne pas s'attarder dehors. Risquait rien qu'elles soient désobéies ! Certains de Malcastel se rendirent à l'enterrement. Il leur semblait que c'était une politesse.

Jacques avait partagé la douleur de ses nouveaux concitoyens. Il partagea leur soulagement, lorsque, dix jours après la découverte du corps, un garçon pâtissier s'accusa du meurtre. Les journaux ne le nommaient que de son prénom, Narcisse X., car il était mineur. On savait bien qui c'était dans le pays, surtout avec ce prénom si drôle. Mais on découvrit bientôt qu'il était innocent et mythomane. Et Jacques dut expliquer ce que c'est qu'un mythomane.

⁂

Boire, et se promener, sans trop savoir, dans la pièce chaude. La petite fille violée revient le jeudi et le dimanche, avec sa joue tailladée. Jacques la voit dans le buisson de la Boralde. Il la voit presque nue, pas attirante, certes : sa peau gonflée, les mouches sur elle. Il s'imagine le garçon pâtissier qui porte un prénom si courant dans son pays à lui, de Boulogne à Lille, et si étrange à Espalion. Ses parents sont venus du Nord. Il a porté son nom de Narcisse à l'école primaire, puis en apprentissage, comme la marque d'une autre origine, encore plus difficile à supporter que celle des réfugiés espagnols de 1936, nombreux dans la région. Il n'avait pas l'accent. Il était grand. Chaque année, c'est à la Saint-Nicolas qu'il recevait des cadeaux ; et, la Noël venue, il enviait ses camarades comme s'il n'avait rien reçu du tout. On l'aimait bien chez ses patrons. Mais lui, chaque soir, lisait les annonces des journaux de la région et de Paris, cherchant si quelque place ne serait pas offerte qui lui convienne, dans un pays où son prénom passerait pour le plus commun du monde. Il faisait semblant de chercher, à vrai dire. Ses parents n'auraient pas aimé le voir partir. Là-haut (comme on désigne le Nord à Espalion) il n'avait plus d'autre famille que la tante Malvina, internée à l'hospice des fous ; et l'oncle Jules, qui vivait de petits vols et qui était régulièrement arrêté par les gendarmes. Ses parents, du coup, avaient émigré. Tout enfant, il entendait parler de ces hontes à mots détournés. Il les avait recomposées, bien avant que ses parents ne les lui aient solennellement dévoilées, le soir de son certificat d'études, dans la salle à manger. Avec la formule des pauvres gens : « Nous voudrions te parler. » Dans le décor tellement inhabituel de la pièce ouverte pour l'occasion, et qui sentait la poussière et la cire.

Alors, avec son prénom qu'il ne songeait même pas à changer, avec ses souvenirs de la Saint-Nicolas et ses secrets de famille, il était un peu drôle. Il lisait, non seulement les annonces, mais tous les articles de ses journaux, de bout en bout, en remuant un peu les lèvres. C'était son occupation des lundis, pendant que son patron allait à la pêche, au Tarn, ou bien à l'Aveyron. Ça devait mal finir. Il se bourrait le crâne. Il se mettait trop à la place des gens dont parlent les journaux.

Il a aidé aux battues pour chercher la petite, dont une tante achetait à la pâtisserie, tous les jeudis, un morceau de fouace. Il a vu le corps, qui avait l'air très seul, malgré tant de gens autour. Il a lu les comptes rendus de l'autopsie. Chaque jour, les femmes parlaient à la patronne, dans la boutique, de la petite de Saint-Côme, du désespoir des parents lorsqu'ils avaient revu le corps, et du criminel « pire qu'une bête, bon à tuer lentement, mais vous verrez qu'on trouvera encore des raisons pour l'expliquer devant ceux de la justice ». Et, un matin, il est sorti de la boutique chaude qui sentait la pâte et la fleur d'oranger, pour aller devant eux autres. Ceux qui expliquent. Jacques comprend bien qu'il a voulu se donner une fin, en se remettant à eux. Et puis il rejoignait ainsi la petite. Mais il s'était trompé dans son calcul, comme lui, Jacques, s'était si longtemps trompé dans les siens. Il avait seulement réussi à faire sortir devant tout le monde les histoires de sa famille, qu'un journaliste avait même relatées dans *La Dépêche,* toujours sans dire le nom puisqu'il s'agissait d'un mineur. Il n'avait pas lu cet article, étant à Rodez, « aux fous », comme on dit dans le pays. Peut-être en aurait-il été soulagé. Son père avait demandé son changement pour une autre ville qu'Espalion, une ville du Centre, où il recommencerait à être inconnu.

Les gens ne pensent plus à lui. Seul Jacques, dans sa cuisine, évoque le long garçon enfermé dans l'hôpital où a vécu Antonin Artaud, dont le nom est tout à fait inconnu des gens de par ici, sauf de quelques journalistes ou professeurs. Il pense au rouge du sang caillé sur la joue de la petite ; au rouge des pierres d'Espalion, dont les ponts ont été construits avec le même matériau que le grand clocher de Rodez, éclatant au sommet de sa ville où il fait si froid. Car vous diriez déjà une ville de la montagne. Et dans sa chambre, « aux fous », Narcisse saurait enfin quel est en pleine journée le climat du Pas-de-Calais, si seulement il connaissait ce qu'imagine Jacques à sa place : une grande pièce carrelée en faïence de Desvres, l'odeur du café bouilli et rebouilli sur la cuisinière d'à côté ; un poêle économique débrouillant à peine le fond de l'air, et, sur la toile cirée de la table, un pot de cuivre, que regarde un long garçon, désireux de s'en aller n'importe où ailleurs.

*
* *

Vendredi. L'autre bout du tunnel. Dans la chambre sans feu, Jacques se lève. Jamais les chambres de l'Aveyron ne sont chauffées. Il descend, trouve l'eau froide, et, sur la table de la cuisine, la nourriture — les gros déjeuners de là-bas, desserte de viande, pâté tiré d'une boîte un peu rouillée, un peu de soupe. Il passe un couloir, ouvre une porte, se met en état de grâce. Les tables des enfants s'étendent devant lui. Bientôt, ce sont les enfants eux-mêmes qui arrivent. Jacques se plaît à leur décrire un monde ordonné pour la plus grande gloire du pays qui est le leur à tous, maître et élèves. Cette phrase, il la prononce de temps à autre : c'est un jalon dans ses cours, une conviction qui l'emplit à chaque fois de chaleur. Il insiste sur la bonne administration de Louis XI, l'excellent caractère de Louis XVI ; cache les guerres du Roi-Soleil et les épidémies qui désolèrent le Moyen Age. Les enfants imaginent une suite de prospérités magiques. Ils ne sont point gênés de se voir pauvres dans leur forteresse en ruine, après ces fastes inouïs.

Pauvres, d'ailleurs, non. Les voici bras croisés. Ils jugent la pertinence du père de Washington, embrassant son fils qui vient de lui confesser une faute. Les voici penchés sur leur table, avec les amples mouvements de ceux qui font des « pleins » et des « déliés ». Ils écrivent les beaux gestes de Jeanne Hachette, ou quelque enthousiaste tableau d'une province française. Classe séparée du monde, où rien n'est abandonné au hasard, où nulle voix ne s'élève pour nier ! Les gens de Malcastel aiment que le maître d'école soit, avec le curé, celui qui sait le plus de grands noms et de belles choses. Quelquefois, « celle qui lui fait le ménage », la belle-fille Barre, ouvre la porte de communication entre le couloir de la cuisine et la classe : elle n'aime pas rester solitaire, mais elle est parfaitement heureuse quand, en travaillant, elle peut écouter M. Degrès parler aux enfants. Que ce soit de la réduction au commun dénominateur, n'importe ! Jacques regarde par sa vitre de maître monter une fumée dans les champs, et il sent une tranquille assurance.

***

Dimanche : la terre a peut-être bien engraissé par ce sang. Rouge, avec sa figure rayée. Désormais rayée de la terre. On n'en parle plus. L'homme qui l'a violée le 7 décembre ne sera sans doute pas trouvé ; ou bien, dans quelques mois, si les recherches aboutissent, il n'y aura guère que les parents de la petite à se rappeler en rouge toutes les heures qu'ils ont vécues depuis ce jour-là.

Sur la toile cirée de la table, ma main, comme voici trente ans, colle un peu, de sa paume à plat. Il n'y a plus ni faïence, ni pot de cuivre, ni personne pour me crier que je perds mon temps. Mais l'odeur de la toile est la même, et quelqu'un, dans moi, continue à parler d'un endroit où la lumière et l'ombre seraient si violentes que personne ne pourrait leur échapper.

VIII

Tous criaient à l'envi leur *Minuit Chrétiens*. Ils s'enroulaient dans de bonnes écharpes et des manteaux noirs, sauf la fille Boual qui avait acheté à Espalion une mante rouge que tu dirais du sang de bœuf ; et leurs lampes électriques étaient posées devant eux sur les chaises, verre dessous. Il y avait plus de femmes que d'hommes ; les hommes aiment bien à cette heure-là un coin de table avec des châtaignes et du vin blanc. Mais enfin quelques-uns étaient venus pour faire honneur au curé, sans compter l'Alexandre Verghnes qui suit toujours sa femme, et le maître d'école qui est tellement croyant.

L'église sentait le moisi amolli par l'odeur des cierges. Son pavé, avec le temps, était devenu ce qu'il plaisait à Dieu : la terre en ourlait les jointures. Des tombes qu'il recouvrait s'étaient affaissées, une fois leur chrétien réduit en poussière. Aussi le curé officiait-il dans un creux, à la lumière indistincte d'une seule lampe : c'est à peine si, en montant la marche de l'autel, il se trouvait au niveau des deux enfants de chœur, le petit Besse et le grand Charrier. Des cierges brillaient partout pour cette messe de Noël : ils rendaient fantasques l'arc interrompu du fond de l'église, tout comme, du côté droit, la chapelle ajourée de la Vierge. Le plafond pleurait ses gouttes sur les assistants et sur le poêle qui grésillait alors, chassant, parmi les odeurs, des relents de fonte. L'assistance chanterait toute la messe durant *Minuit chrétiens* ou *Il est né le divin Enfant*, les deux seuls cantiques convenant à la solennité qu'elle sût du premier couplet au dernier.

Il semblait à Jacques entendre la voix de la fille Boual se détacher des autres, aussi claire que son manteau rouge parmi les noirs. Georges Boual était aimable au maître à travers elle. Non qu'il se formulât cette préférence, premier degré d'un escalier qu'il ne descendait pas volontiers, sauf le jeudi et le dimanche.

Il priait. Vint l'Evangile de la nativité. Le curé le lut en donnant au grand Charrier, debout derrière lui, des coups de pied que le garçon recevait docilement sur son pantalon noir (vingt bons centimètres plus long que le surplis). Enfin le curé interrompit sa lecture et souffla ces mots répercutés par toutes les voûtes : « Illumine, abruti ! » Le grand Charrier disparut. Quelques secondes après, la lecture ayant repris, l'assemblée put voir des ampoules briller d'un éclat non voilé au milieu d'une guirlande disposée autour du retable, sur le maître-autel. C'était la surprise réservée cette année aux paroissiens.

Jacques fut invité à se réchauffer chez le curé, tandis que les lampes électriques descendaient le chemin, éclairaient chacune à leur tour la forteresse, et dessinaient la porte. Le café bouillait dans une casserole, promettant l'amertume ; les tasses étaient si sales du bord que Jacques pensa un moment tirer son mouchoir pour les essuyer. Mais le regard du curé était inaltérablement beau. Il remercia le maître de faire entendre à Malcastel, enfin, une voix de savoir et d'honnêteté. « Tout le village vous aime justement. En pensant, voyez-vous, à la manière dont vous êtes arrivé, je me dis que cela ne s'est pas fait sans permission de là-haut. » Il se tut, étonné lui-même par l'idée qu'il venait d'exprimer. Jacques lui répondait avec abondance, parlant des dispositions de ses élèves, de la paix trouvée à Malcastel au terme d'une existence malheureuse. Il croyait à ce qu'il disait, et songeait tout attendri à la messe qu'il venait d'entendre, au premier rang d'un village qui l'avait adopté.

Qui l'avait adopté, sans nul doute. La nuit était sombre ; le cheval de rêve frappait trop doucement le sol de ses sabots pour que nul puisse l'entendre, devant le presbytère, à cette date où l'on n'avait pas toujours fêté la naissance de Dieu. Les graines tâtonnaient déjà sous la terre. Un oiseau, retiré dans les pierres du Fort, imaginait le printemps.

— ... Votre arrivée, d'autant plus providentielle que le dernier instituteur de Malcastel n'était pas sans reproche. Il faisait bien son cours. Mais le jeudi et le dimanche (tressaillement de Jacques), il se promenait chez les uns et les autres, quelquefois loin autour de Malcastel, en quête, disait-il, de papiers. Il trouvait parfois de vieux registres pas bien lisibles qui remontent à un siècle et plus, ou des contrats de notaire à moitié rongés par les souris. On ne me fera pas croire qu'il se plaisait là-dedans. Nous nous sommes dit un moment qu'il voulait peut-être fréquenter les jeunes filles sous ce prétexte. Mais il allait aussi bien dans les maisons sans jeunesse. Enfin sa conduite n'était pas explicable, sans compter qu'il se faisait prêter les papiers qu'il trouvait, et qu'il oubliait sans cesse de les rendre. Malgré tout, vous comprenez bien qu'on n'osait pas les refuser au maître. D'ailleurs on n'y tenait pas tant. Mais qui ne rend pas vole le bien.

— C'est cela seulement qui compte, monsieur le curé : précieux ou non, ils étaient à vous, ces papiers.

— Ils étaient nôtres. Vous avez raison. Ainsi les registres de baptême et les rapports des curés, que je lui ai prêtés tout le premier parce qu'ils encombraient ma sacristie, et que je n'ai jamais revus. Ils doivent encore être là-haut dans le cagibi. Non pas que j'en avais besoin : je les aurais brûlés. Mais après tout je peux bien brûler ce qui est mien, si je veux.

Il plissait les yeux. Ainsi Georges Boual avait-il férocement repris à son voisin un vieux porte-plume à lui, qu'il avait tout aussitôt mis en miettes. Jacques refusa la goutte après le café. Sa lampe électrique éclaira le chemin à son tour ; mais, très petite lueur dans le silence obscur, elle ne prévalait pas contre lui.

Pas une minute il ne se découragea dans la chambre glaciale. Il était non pas solitaire, mais responsable désormais d'un troupeau d'âmes :

le second berger de cette commune pastorale. Si la nation semblait tellement malade, c'est précisément parce que tous n'avaient pas d'elle une conception aussi nette. Il se demandait seulement ce que pouvaient faire ses propres enfants en une pareille nuit, et il regrettait de ne pouvoir les guider. A peine s'il se rappela furtivement, au cours de ces pensées incohérentes qui errent autour du sommeil, que lui non plus n'occupait point toujours ses jeudis et ses dimanches de manière à satisfaire le curé. Mais n'avait-il pas le courage de réserver à son double une place médiocre, inconnue de tous et peut-être de lui-même ? Il s'absolvait, au bord du rêve. Il avait pris sur lui : à Dieu, maintenant, de reconnaître la force de sa résolution.

IX

Le gel vous traversait la figure de piquants, si vous sortiez cette semaine d'entre Noël et le Jour de l'An, qui semble suspendue entre ciel et terre. Rien à faire aux champs ni à la vigne ; le bétail resserré dans l'étable, et les enfants à la maison, en train de vous parler de guirlandes en argent, d'oranges, de jouets trop chers et des cadeaux qu'a reçus le petit du voisin. Malcastel se découpait bien nettement dans le bleu trompeur de l'air. On aurait dit une citadelle méditerranéenne construite par erreur au bas des rochers bordés de givre, non loin de cette Boralde dont le bruit clair glaçait plus encore qu'un silence: mais que faire ? On ne choisit pas sa pierre. Les villages d'au-delà l'Aubrac étaient construits en lave sombre ; Malcastel s'ouvrait, lui, vers le midi.

Jacques ne put résister au vin. Chaque journée, sans doute, il la passait à corriger les cahiers de classe, à prévoir ses cours, à fabriquer des fiches en vue de l'inspection problématique, et à s'imaginer avec délectation la physionomie de chaque élève. D'eux, il savait désormais le nom, la famille, la valeur intellectuelle. Mais le soir tombant le rendait aux branches tombées dans la Boralde et aux sources qui bougeaient à peine sous leur couche de glace. C'était le moment des vagues ennuis. Il arpentait en soupirant la salle de classe, mangeait, pensait au fils de l'épicière qu'il rencontrait chaque jour en faisant ses provisions, et buvait deux verres de vin. L'autre Jacques paraissait. Il prenait un livre ici et là, il jetait du pain dans le rectangle éclairé par la fenêtre et s'attardait une heure à voir venir des bêtes précautionneuses, avides mais craintives devant la lumière : chiens, chats, écureuils dont la queue frémissait, oiseaux encore éveillés par la faim. Puis, un soir, il songea à son prédécesseur. Il ressentait beaucoup de sympathie pour cet inconnu qui avait réussi à fouiller chez les paysans de Malcastel, race dure, et à les voler. Qu'importe la propriété de quelques pages soumises aux rats ! Jacques atteignit sa lampe qui avait suivi naguère le chemin de la messe de minuit. Et il monta vers le cabinet oublié depuis de longues années.

Pénombre, odeur pénétrante de pommes, glace toute piquée, où se reflète une silhouette sans yeux ni bouche. Odeur de pommes. Sur les étagères maintenant presque vides qui faisaient le tour de la pièce, on avait dû en mettre bien longtemps en réserve. De ces étagères, il y avait trois rangs. Quelques-unes étaient chargées de papiers et de cahiers couverts de poussière, et s'étaient incurvées sous leur poids. Deux petites tables supportaient des liasses, des chemises de carton mince entrebâillées sur des documents de toute grandeur. C'est à peine si Jacques put refermer la porte sur lui : un recoin, un simple recoin sans fenêtre ni lucarne, mais qu'aéraient suffisamment les interstices entre porte et chambranle. Jacques s'y sentait dans sa propre intimité. Il ouvrit la première chemise venue, à l'endroit où dépassait un papier crasseux.

C'était une vieille gravure sur bois. Le trait malhabile s'en interrompait par places. Mais Jacques le vit aussitôt, sans nulle ombre qui vînt adoucir le supplice subi depuis quatre siècles : il était pendu à une potence bien exactement représentée. Lui n'avait point de physionomie. Une tête en boule — la chemise des condamnés ; au pied droit, une énorme quittance. Cette quittance portait qu'en avril 1555 Jacques Colas avait souffert la pendaison en la grand-place de Rodez pour donner satisfaction à son voisin, duquel il avait incendié la grange et tué le berger. Priez pour lui, qui a vécu.

Jacques n'avait aucune envie de prier pour son homonyme. Son ivresse lui ôtait toute croyance en l'au-delà. Il éclaira la gravure un certain temps avec sa lampe de poche, comme il aurait identifié quelqu'un dans la nuit ; puis il retourna l'épais document encadré de poussière. Son prédécesseur (c'était lui, à n'en pas douter) avait écrit au crayon sur le verso de la gravure les noms des habitants de Malcastel qui furent pendus à Rodez, quittance au pied. Il en avait relevé une douzaine. Quatre de ces noms étaient encore portés dans le pays, « mais l'un par Edmée Chambon, soixante-seize ans, sans famille ». Restaient les Charrier, les Druhles et les Imberde. Trois élèves de Jacques se nommaient ainsi. L'écriture était bien une écriture d'instituteur, grande, trop bien formée, sûre.

Il soupira en fermant la chemise. Il évoquait le décor de la boîte de cacao devant laquelle il avait déjeuné toute son enfance : décor naïf, bordé de noir comme la gravure. Sa mère et son parrain dormaient encore ; la cuisine froide où il s'était débarbouillé tout d'abord (« on ne déjeune pas avant de s'être lavé la figure et les mains ») resplendissait de la triste propreté du Nord. Le grand plaisir de l'enfant était de plonger la cuillère dans la boîte de cacao et de manger à même. Il replongeait la cuillère humide, et pensait non sans agrément aux lamentations de sa mère, découvrant que ce cacao de mauvaise qualité buvait toute l'eau de l'atmosphère.

Il passe la main sur son front. L'ivresse, maintenant, se dissipe, laissant la tête lourde. Il est temps de se coucher. Demain matin, le maître d'école partira dans Malcastel acheter sa nourriture, salué par tous ceux qui le rencontreront. Demain, l'esprit tendu par la justice, il notera les cahiers des enfants. Il ne songera pas une minute qu'ils sont les descendants de ceux qui furent pendus. Non certes : puisqu'il ne se rappellera pas même la gravure qui évoqua un fragment de son enfance. L'ivresse n'est transmissible qu'à l'ivresse. Jacques l'enferme, dans le cabinet noir hanté par l'odeur des pommes. Il s'y est tenu deux longues heures.

X

S'il se reprit à boire dès le lendemain soir, c'est que son ennui était trop grand. S'il décida d'ouvrir le dossier où le vieux maître s'était appliqué à écrire Dix-septième siècle — c'est qu'il se souvenait du linteau 1676, sous lequel se tenait la fille Boual en train de tailler son pain. Il apprit à connaître le village de ce temps-là. Il ne différait guère pour l'apparence du Malcastel d'à présent, si ce n'est que l'enceinte était jeune et que les meneaux des fenêtres étaient tout neufs. On avait reconstruit bien des maisons de l'enceinte : car les armées du maréchal de Joyeuse, à l'aube du siècle, avaient parcouru le pays, ne laissant que les corps et vies aux habitants. Mauvais début, dans les cris des soudards, et la fumée des incendies s'élevant de forteresse en forteresse !

Dès qu'ils furent un peu rassis, ceux de Malcastel s'unirent à ceux de Saint-Côme et d'Aubrac pour aller à Rodez, le mois de la Vierge, en belle procession. Croix levée en tête, au son des cornes et des cornemuses, les principaux du bourg marchèrent leurs quinze lieues, revêtus de la chape des manteaux processionnaux. Et pour mieux marquer les dettes de Dieu, ils inscrivirent leurs noms au registre de l'église. Mais le Bon Dieu rend quand il veut. Probable qu'il ne voulait pas tout de suite... Ce furent calamités après calamités. La peste revint comme au rendez-vous. Quand son soupçon apparaissait dans la contrée, on ne laissait plus dans Malcastel qu'une porte de l'enceinte ouverte ; encore était-elle gardée si farouchement que les paysans avec leurs troupeaux campaient au pied de ce mur jaune que leurs ancêtres avaient bâti pour eux. Les femmes et les enfants regardaient du haut du rempart, craintifs eux aussi — craintifs de l'air, qu'on disait mauvais lui-même, dans la douceur du mois de mai. L'ange pénétrait malgré tout. Alors, pauvres gens, on cessait de barricader Malcastel. Mais chacun se barricadait pour lui, évitant les autres, jusqu'à ce que les boutons viennent aux aisselles et à l'aine. Malgré tout. Jacques en tenait une liasse pleine, des testaments volés par le vieux maître ou copiés par lui chez les notaires d'Espalion : et tous étaient marqués du doigt de la peste. Ils avaient été dictés de loin par des riches qui savaient écrire, ayant peut-être bien cher payé leur savoir, mais ne pouvaient même plus signer, « pour être infects et en considération de la maladie contagieuse ».

Le prédécesseur de Jacques avait aussi entreposé dans le cagibi les archives de l'école : les pères et les mères des enfants d'à présent apparaissaient dans leur existence fanée d'élèves, auxquels on avait proposé des exercices semblables à ceux que faisait exécuter Jacques. Il gardait en effet la pédagogie de vingt ans en deçà, phrases à compléter, horaires de trains à combiner, et les leçons de choses au cours desquelles on constate qu'un bâton de craie colle à la langue. C'est ainsi que lui-même avait été instruit. Des souris bougeaient dans les combles, la Boralde coulait avec un bruit plus distinct au milieu du silence ; et lui, de son placard, se rappelait la sonorité du vent qui passait sur la plaine artésienne. A l'ouest de Fontbeuve, la forêt s'enfonçait en triangle. De lugubres histoires sur les rencontres qu'on y faisait au pied de certains arbres avaient accompagné son enfance. Les garçons du bourg se montraient à l'église, le dimanche, une petite fille qui venait de la forêt : ses mains étaient couvertes d'un pelage lisse et foncé comme celui des belettes.

***

Il en apprit long, chaque soir des vacances de Noël, à la lueur de sa lampe de poche. Chaque soir aussi, vers onze heures, il enfermait le village. Il se jetait dans le sommeil et se relevait sobre, instituteur. Ses souvenirs de la veille étaient fort lacunaires et il ne faisait nul effort pour les ranimer ; du paradis de vin au paradis de bonne volonté, il n'y a pas de route. Il savait seulement (et attisant le poêle, il y songeait entre deux corrections de cahiers), il savait seulement qu'il faisait la part du feu trop modeste pour que l'incendie puisse s'étendre à sa vie entière. Si peu de vin ne pourrait la détruire. Il s'accroupissait devant le portillon des cendres, et découvrait alors tout le ciel que pouvait lui donner la fenêtre, ciel gris à peine traversé d'oiseaux. Dieu l'avait pris en charge, lui, Jacques. Il lui avait permis de résister à la sentence des médecins. Deux verres peuvent-ils faire mal à l'homme qui les boit, même si, devenu ridiculement sensible, il en perd le contrôle ordinaire de ses pensées ? Deux verres, une ration d'enfant !

Il s'y tenait. Il avait en cela une volonté rigide. Et, corrigeant les cahiers du grand Charrier ou de Gilbert Druhles, il songeait que les fautes blâmées à l'instant par lui étaient souvent celles que le maître précédent avait soulignées de rouge chez leur père ou leur mère. Les cahiers anciens, il consentait à en admettre l'évocation. Tout ce qui regardait son métier lui paraissait innocent. Il n'était même pas détrompé de son illusion par la vue du fils de l'épicière, qui lui apportait dans un mouchoir des châtaignes rôties. Le petit garçon se tenait reclus, loin de ses camarades, pour recopier tout le travail de l'année précédente. Jacques le savait, et il savait qui avait condamné le gamin à sa réclusion : mais il avait accompli de tels progrès, révisant malgré lui des connaissances autrement incertaines, qu'il prenait la tête de la classe. Un attachement était né entre lui et l'instituteur. Il était sincère, il était pur de part et d'autre ; et même, c'était le petit qui avait remords d'avoir égaré son cahier. Jacques n'était pas loin de penser que lui avait eu bien raison de le soustraire, quand il entendait l'épicière se féliciter de la transformation de son fils.

Le soir — ah ! le soir, après les châtaignes et

le vin —, la Boralde sortit par deux fois de son lit, et passant de seize pieds royaux à trente de profondeur, elle emporta dans un cours furieux les bêtes, les arbres et les buissons. L'eau s'étendit au pied même de la forteresse ; elle y déposa le corps d'un muletier surpris par la crue, tandis que les rochers noirs s'éboulaient. Oui, de malheur en malheur, les maisons furent longues à se reconstruire et les effraies nichèrent longtemps à l'intérieur de l'enceinte. Ce sont les riches les moins courageux. François Labro, affolé de tristesse, tua sa femme, et, convaincu du crime, fut roué vif et coupé en quatre quartiers. Le bourg de sa naissance dut payer le chirurgien qui l'avait assisté dans sa première torture et le bourreau d'exécution. Payer quatorze livres pour se faire dire criminels ! *De Malcastel ne vient que male gent et male bête...*

... Cette petite fille, c'était la fille du charbonnier-braconnier qui demeurait seul, à l'écart, dans une hutte. Mais la mère contait à voix basse que son mari, étant rentré un soir ivre de bière, lui avait rudement ordonné de ne pas allumer la lampe ; un homme avait pris place dans le lit, qui n'était pas le mari. Elle aurait pu le jurer à sa manière de faire l'amour. Neuf mois après naissait la petite, que son père selon la loi ne regardait jamais sans ironie. Et les habitants de Fontbeuve n'auraient pu citer personne en effet qui eût été affligé de l'infirmité de main de belette, dans la famille du père comme dans celle de la mère. Jacques ne pouvait regarder sans crainte cette fille. Pourtant il s'était un dimanche enhardi jusqu'à toucher une de ses mains ; mais il avait gardé toute la semaine la nausée d'un contact visqueux et douceâtre. Seigneur, qui — ou quel — pouvait bien être le père de cette créature ?

⁂

Il entra dans Malcastel du Jour de l'An comme dans sa propriété. Tout le monde lui disait les vœux : les hommes tirant leur chapeau, les femmes courbant un peu le corps, et chaque enfant lui rappelant que le matin même il avait fait partie de la cohorte d'élèves venue proclamer la formule : « Je vous souhaite une bonne année, accompagnée de foies d'oies. » Il était solitaire, mais entouré. Dans l'épicerie transformée en taverne, les hommes, vêtus de blouses noires froncées, buvaient en chantant des mélopées qui remontaient au bon roi Henri et qui célébraient non pas l'aise qu'il avait apportée, mais la peine que l'on prenait avant qu'il vînt : « Marguerite se fatigua jusqu'à ce que le roi naquît — Que de blé, que de farine, elle porta sur son échine ! »

L'un des vieux partit, enfonçant son chapeau. « C'est Gaston qui va retrouver sa bellotte, dit une femme du groupe massé devant la porte. Et dire qu'il a fait la guerre à Verdun. » Large absolution de Jacques. Il était à la guerre, la dernière des vraies guerres, quand le patriotisme signifiait quelque chose. Après ça il peut s'amuser. Un petit jeune homme commence la bourrée à l'accordéon. Les femmes entrent ; le plancher fatigue sous les coups de soulier.

On range les tables le long des comptoirs. Des gens s'y assoient pour frapper dans leurs mains. Les vieux sont courageux ; ils dansent à quatre la véritable bourrée, sans femme, interminablement, pendant que la fenêtre basse se couvre de buée. Jacques frappe des mains avec les autres, mais refuse de trinquer parce qu'il a mal au foie. On voit bien qu'il n'est pas comme tout le monde. Au moins il ne fait pas dépenser, et c'est un bon maître qu'on leur a trouvé tout seuls, aux gens de Rodez. Après ça ils disent qu'ils en manquent : « Dis, tu te rappelles quand il était dans ses quatre murs ? A geler ? Avec ce qu'il sait, que la belle-fille Barre dit qu'elle l'écoute par plaisir ! » Au lieu de le trouver, lui, ils avaient placé des filles folles pour faire la classe.

On commence par chuchoter, on finit par parler tout haut. Jacques entend les deux femmes, et sourit en pensant que la nomination officielle de l'inspecteur est arrivée seulement la semaine dernière chez le curé.

Dehors, la fille Boual ouvre la loge aux porcs. Elle est la dernière à souhaiter la bonne année à Jacques. Son tablier descend sur elle sans parvenir à dissimuler la ligne de sa poitrine. Malcastel sourit ainsi au maître, qui franchit la grand-porte, et qui décide en se redressant de reprendre, dans un effort sur lui-même, l'alternance du vin et de la classe. D'abord ne pas faillir à sa mission d'éducateur, puisqu'il est assez malheureux pour ne pas résister à deux verres de vin. Mais pourquoi, mon Dieu, l'avoir permis ? Ses seins, ses seins sous le tablier droit.

Et je suis seul devant Vous, mon Dieu, sur ce sentier qui conduit de Malcastel à la maison d'école, dans le soir premier de l'année. Aidez-moi dans cette lutte.

Mais sa nuque demeure toute raide, et dans la lune blafarde il s'avance, frappant fort la terre. Dieu lui-même n'a pu le courber, après tant de premiers jours de l'an passé dans l'isolement et dans l'humiliation... A Tananarive, le regard fuyant des colons que je rencontrais, dans ce quartier qui ressemble tant aux quartiers des villes européennes ! Et pourquoi ce regard fuyait-il ? Mon Dieu, je ne veux pas me souvenir. Je suis Jacques Degrès, l'instituteur de ce village. J'ai bu tous les soirs de ces vacances, je prends l'engagement de ne plus boire que le jeudi et le dimanche. Affermissez ma résolution, puisque je le mérite.

Il le mérite. Il est invité à la veillée chez un des gros fermiers, à la limite de l'enceinte : or, de mémoire d'ancêtre, on n'a jamais invité quelqu'un d'ailleurs à entendre « les histoires ». Jacques ne les comprend pas. Le patois d'ici ne lui est pas connu. Mais il regarde les noix sur la table, les figures mal éclairées ; il respire l'odeur acide de l'évier, communiquant avec le dehors par un trou dans le mur. Il est bien. Il se sait adopté par eux tous. Pour la première fois, il a songé qu'il serait en ce même lieu, en mai prochain. Une bonne chaleur berce le Malcastel d'été, depuis des siècles et des siècles : or, Noël passé, les germes bougent, les racines des arbres aussi, en quête de nourriture.

Lorsque se clôtura la veillée, à dix heures

et demie, ce furent des exclamations : il neigeait depuis un bon moment. On se pressait à regarder la neige bleue dans l'ouverture de la porte, riant un peu du vieux Barre qui disait l'avoir devinée à l'odeur soudain épaissie que la pièce à faire la vaisselle envoyait dans la grande salle. Il était bien malin : en attendant, il n'avait rien prédit du tout. Ils s'avançaient à pas feutrés sur la route qui menait Jacques de l'angle de la forteresse à la maison d'école. Lui se sentait plein de miséricorde pour Malcastel.

Mais, réduit à deux voyages par semaine, le cheval n'en alla que meilleur train, parcourant les siècles qui balafraient le village. Les marches craquaient sec dans le silence ; l'œil de la lampe électrique dénichait sur le mur des araignées inconnues aux heures du jour. Jamais il ne fit grand froid dans ce cabinet ouaté de papiers. Jacques les prenait avidement. Les crimes et les disputes de Malcastel lui sautaient à la figure. Le curé en déclarait bien l'absolution ; mais, de tout temps, les curés de Malcastel s'étaient eux-mêmes disputés aigrement avec la riche abbaye qui, bâtie sur le sommet des coteaux, occupait un territoire de la commune. Tous les ans, des barriques de vin, du bois et du froment descendaient de l'abbaye vers la cure. Tous les ans, le curé entreprenait des contestations sur leur nombre et leur qualité. Il se plaignait que le prieur de l'Albespin confessât lui-même ses fermiers, alors que ces âmes appartenaient à la juridiction de Malcastel. Il se plaignait que l'abbaye donnât aux pauvres de la paroisse six ou huit onces de pain à trois heures du soir, « et deux heures pour aller, autant pour revenir, ils perdent le temps, la honte de mendier, et deviennent fainéants ». Il se plaignait toujours, dans les rapports que tous les vingt ans il envoyait à son évêque. Et Jacques avait beau lire des noms différents au bas des feuilles — photographies de feuilles imprimées par les Archives, feuilles manuscrites à grande écriture pâle — c'était toujours le même curé, avec l'air paysan de monsieur le curé — Bousquet, Boudou, Rigal ou Burquières.

C'était toujours aussi le même village pris, repris, brûlé, quitté par les partis en dispute à travers les siècles : grandes compagnies ou religionnaires, brigands ou soldats du comte, qu'importait ? Les impôts du sénéchal et du comte vous rongeaient sou par sou. En buvant, après boire, Jacques habitait la lucidité de la nuit ; il entendait le Druhles d'aujourd'hui proclamer bien haut qu'il tuerait le percepteur, tout comme celui du XVIIIe siècle (un avocat) n'admettait point que la taille fût pour lui de cent vingt-cinq livres, deux sous, six deniers. Tous deux étaient dans leur droit, si l'on songeait à la petite vie de Malcastel. Jacques imaginait la superposition de morts qui, de leur fumier, l'avaient construit. Et lui qui n'avait jamais tenu à des êtres, il tenait à ce village : il ne se sentait pas la force de lui résister. L'écriture appliquée de l'instituteur qui l'avait précédé ne lui plaisait pas, non ; mais il lisait avec joie, de cette écriture, des listes et des listes de noms, d'impositions, de négociations sans nulle importance. Il ne dédaignait pas d'apprendre qu'un contrat avait été passé en 1555 pour définir la dîme qui devait être prélevée sur le champ du Puech-de-Calas, dont la petite éminence se dressait encore entre les collines et le plat pays. Ainsi l'amoureux se fait minutieusement conter les détails d'une enfance qui participe de la personne aimée, lui qui, en tout autre temps, se désintéresse des enfants. Le bruit du papier ponctuait les heures. La vieille glace se pailletait de reflets, et Jacques, l'autre Jacques, reconstruisait un univers. Les débuts du village étaient ses propres débuts. Il revoyait aussi des objets sans importance — pas plus que ces papiers entre ses mains —, des objets vieux de quarante ans. La lampe rougeâtre de sa chambre à Fontbeuve lui devenait si présente que son image tournait au vert en s'affaiblissant, comme si elle avait été bien réelle.

Deux verres ne sauraient me faire de mal. Mais le docteur avait raison de me dire que ma constitution était usée : mon cœur s'est remis à battre, comme il a déjà battu en d'autres lieux, saccadé. Quelquefois cela me vient en pleine classe : il me semble alors qu'un pas s'éloigne, et pourtant je n'ai plus confiance en aucun pas.

Les enfants progressaient. Jacques savait organiser sa classe. Pendant que le grand Charrier peinait au tableau sur un problème de géométrie, aucun des autres grands ne lui aurait soufflé : les filles contre lui pour cela seul qu'il était un mâle, et les garçons imbus d'un sens de l'honnêteté tout nouveau chez eux. Charrier se tordait d'embarras au tableau. Il ne savait même pas tracer un triangle équilatéral ; mais il effaçait ici et là, mettait dans la poche de sa blouse, avec un gros soupir, le chiffon à craie, et relisait l'énoncé du problème jusqu'à en être ébloui. A trois pas de lui, Druhles traçait la figure et trouvait la solution : ça se voyait bien assez, à sa mine ! Mais il ne lui soufflerait pas. M. Degrès avait fait de la loyauté l'objet de sa dernière leçon de morale.

Cependant Jacques écoutait la voix ronronnante des « élémentaires » qui lui récitaient la leçon d'histoire, dans un coin de la pièce. Il paraît que maintenant on ne dicte plus rien, on ne fait plus de résumés d'histoire à réciter mot par mot : moi, je suis pour la vieille méthode. Imberde et Jacqueline Marquès ont déjà manqué la moitié d'une phrase. Ils n'ont qu'à bien se tenir.

Un du cours moyen se levait pour mettre une bûche au feu. Au bruit sec du portillon qui se fermait sur le foyer, la classe s'éveillait de ses travaux. Un frisson de bavardage courait ; Druhles jetait vers Charrier un regard plus humain ; Georges Boual levait la tête vers les carreaux aveugles, Thérèse Descloís tirait sournoisement de son cahier une photographie d'acteur. Mais Jacques élevait la voix, et bientôt tous les enfants se penchaient sur leur travail, dans l'odeur du tuyau porté au rouge. Le froid était si vif dehors qu'on entendait les claquements du gel. Quelques moineaux filaient droit, sur les carreaux non dépolis.

« Monsieur, monsieur, il m'a fait mal ! — Où ? — Par la tête. — J'ai dit vingt fois que : il m'a fait mal par la tête n'est pas français. Qu'est-ce qu'on dit ? » Un doigt officieux se levait. « Rigal ? — On dit : J'ai mal à la tête. — Un bon point. » Le bon point représentait Bonaparte au pont d'Arcole. J'ai dû oublier de serrer le détendeur de butane... Bonaparte en bleu sur un pont rouge, c'est idiot... L'ai-je oublié ou pas ! « Charrier, tu as encore raté ton problème. Continue et tu verras comment tu passeras ton certificat d'études. »... J'ai dû oublier décidément. Mais la récréation est dans dix minutes. J'attendrai jusque-là. « Druhles, au tableau. »

Druhles se tenait sans élégance, bien planté contre terre, la lèvre supérieure un peu retroussée, quoiqu'il ne se moquât de personne : c'était un air naturel. Il était fort en géométrie et psalmodiait la solution du problème en traînant sa voix sur les définitions. Jacques glissait doucement sa main droite sous sa veste, vers le cœur. Il bat mal. Ce n'est pas douloureux à proprement parler : plutôt énervant. Ce Druhles a tout de même l'air trop moqueur. Je me demande si depuis le début de l'année il ne joue pas au petit malin. Mais je deviens irritable. De la part de ce gamin, le calcul est impossible. J'ai oublié de serrer le détendeur de butane.

A la récréation, Jacques s'aperçoit que son oubli était purement imaginaire.

XI

Février. La terre s'étire au soleil, et l'herbe se fait plus verte chaque soir. La mousse a poussé sur l'endroit où la petite fille, l'an dernier... vous savez. On voit sortir Jean Labro, qui est né la tête faible. Dès que le printemps revient, il s'installe à la bonne place, sur la borne à droite de la porte, et se chauffe: il n'y a pas plus heureux que lui dans le village. Il ne sait dire que deux choses : son nom — on a bien peiné pour le lui apprendre — et le nombre des bœufs qu'on a vendus l'an passé dans le pays. Pour ça il n'a pas son pareil. Il se met même en colère : « Onze bœufs à tête noire. — Je te dis neuf, nom de dieu », qu'il répond. On le fait marronner pour passer le temps.

Les enfants ont de l'avoine à revendre : ils usent leurs habits rien qu'à glisser sur les pierres des collines. Marie-Anne Ayral est revenue chez elle la figure en sang. On ne sait plus quoi faire des filles ; elles sont aussi dures que des garçons.

Les hommes ont fait boire, pour rire un peu, Martinou qui est déjà si original. Figurez-vous qu'il est allé à toute force carillonner l'angélus à dix heures du soir. Le curé monte, il voit Martinou :

— Eh bé, qu'est-ce qui te prend à cette heure ?

— Laissez-moi, laissez-moi, monsieur le curé, ou je fais du malheur !

Il a fallu les séparer : ils se donnaient des coups de poing dans le clocher, on aurait dit des coups de masse. Maintenant le curé ferme la porte de l'église à clef.

Telles sont les nouvelles apportées par la belle-fille Barre dans l'école assiégée de printemps. C'est un fait que les élèves ne sont plus tant actifs au travail, avec ce temps, mais ils arrivent bien excités. Quelquefois l'un d'eux trouve dans ses cheveux une petite chenille verte tombée d'un arbre ; ce sont des cris de répulsion des filles, et la cérémonie de jeter la chenille par la fenêtre ouverte. Hélas ouverte : le ciel et les arbres légers, aux bourgeons cotonneux, ne sont plus tout à Jacques. En morale on en arrive à la protection des bêtes. En histoire, aux désastres de 1870 et au courage malheureux de notre armée de Sambre-et-Meuse.

Le vent, qui était passé sur les plaines de la Garonne, sentait particulièrement sucré ce jeudi soir, quand Jacques sortit de chez lui. Les tiges pointaient toutes claires dans le parterre, et à l'ancienne place de la statue de la Vierge. L'instituteur pensait au fils de l'épicière. Jacques aimait son petit visage appliqué, sa crête de cheveux et plus encore son nom d'étranger au pays. Il l'aimait et avait brûlé son cahier. Il monta longuement jusqu'à l'église, contourna la butte et prit un sentier qui franchissait la colline-de-devant, comme on disait dans le pays. Jacques avait bien avancé dans la connaissance du cagibi. En marchant dans la lueur atténuée de sept heures, il se répétait qu'il foulait le plus vieux sol de Malcastel : on avait trouvé entre ces pieds de vigne les tombes en pierre unie des fermiers gaulois, et les tuiles à rebord de leurs fermes. Son village avait balbutié sa vie, à l'écart de la route romaine, dans une pauvreté d'enfant. Jacques se fatiguait de grimper le sentier roide : à l'angle de chaque zigzag, il faisait une pause et tâtait son cœur. En d'autres lieux encore son cœur avait eu mal. Il allait atteindre maintenant les prés de la hauteur; l'ombre était bien tombée ; aussi heurta-t-il une racine de vigne. Ce bruit ? Pas une fuite de gros oiseau, ni les pas d'un bétail surpris. Des piétinements humains, une course, deux personnes se développant brusquement sur le ciel, dans la grande pente de gauche. Un homme (n'importe qui, grand dieu !) et la fille Boual. Le cœur bat plus fort encore. Sa jolie forme, donnée à quelqu'un. Ses seins droits contre quelqu'un. N'importe qui. C'est sur ma vie que j'ai marché, en butant sur cette racine.

Il monte en haletant encore, en essayant de se laisser emplir par le mal de son cœur. Il arrive au sommet tout à fait plat de la colline, qu'ici on appelle une planète. Dans un pli du pré juste au-delà se dresse la tour de l'Albespin. Construite au XIIIe siècle pour contenir les blés de l'abbaye, elle est vaguement éclairée par les fenêtres de la ferme qui a été construite, pauvre, contre elle. Ses créneaux sarrasins se sont à peine dégradés en six cents ans. Le froid tombe sur son silence, tandis que Jacques ne peut plus s'empêcher de se rappeler. « Tu es jeune, disait sa mère. Tu n'as pas encore pleuré toutes tes larmes. » Non : les larmes du vin et celles de la jalousie n'avaient pas été pleurées. Est-ce qu'elle a cet amoureux depuis longtemps ? Marguerite Boual ; Marguerite, c'est la première fois que je pense à elle en lui donnant son prénom. Pas de chance, c'est un prénom de romance. J'avais envie d'elle, mais pas de la posséder : de la garder, immobile, innocente, belle de forme. C'était ma justification. J'aurais tout réussi grâce à elle, alors que maintenant la terre a reçu sa sueur de plaisir. Je deviens moi ? Tout seul ? Je mange mon passé ? Je suis sur cette même terre, la maudite, et je souffle comme les femmes qui vont se mettre à sangloter d'une seconde à l'autre, et je n'ai pas honte devant moi-même, le laid, le soûl, Jacques. Je ne crains personne. Je me régale de tous ceux qui ont eu tort contre moi.

Ainsi, ma mère me dit : « Ton père est mort. » Et moi je pense tout de suite que je ne pourrai plus voir Anie pendant des semaines, plus jouer à la poupée avec elle. Puis j'ai honte, parce que, à huit ans, je sais bien qu'il faut offrir un répondant convenable aux gens qui me plaindront d'être orphelin. Mais Anie, je ne pouvais m'empêcher de la regretter. Elle avait une poupée borgne, dont l'œil unique m'entrait jusqu'à l'âme. Un ou deux ans de plus, et ses parents cessaient de l'envoyer chez nous. Je n'ai pas compris alors. Mon âge était sot. Je n'aimais plus que les couleurs rudes et les fonds de verre laissés par les messieurs de la famille, cousins, grands-parents (pas de parrain) après les réunions de fête dans la salle à manger, close tout le reste de l'année. Odeur de moisi, patins toujours propres sur le parquet, photographie de mon père sur le corps inférieur du buffet, calendrier perpétuel, baromètre, corbeille emplie d'œufs vidés par un bout et peints, toute la litanie de Fontbeuve ! Pas de parrain. Ils sont fâchés, ne parle pas de lui, disait ma mère. Moi, je faisais des dessins sur un papier bien résistant qu'on me donnait à la fin des repas, tandis que tous ces gens s'attrapaient. L'impôt sur le revenu ou les vieilles lois militaires de 1913, ce n'étaient pas les sujets qui manquaient. Moi j'appuyais mon crayon rouge ou jaune pour en casser la mine, à cause de l'odeur du bois que l'on taille en copeaux, ensuite, avec un des couteaux sales qui traînent. Parfois l'un des assistants disait « le pauvre Louis ». Il parlait de mon père. Un silence passait, celui qu'on doit aux morts de notre guerre, qui sera d'ailleurs la dernière. J'en goûtais la saveur mollette, avant que, sur les cols raides du dimanche, les figures se remettent à rougir de colère.

Seules m'intéressaient alors les taches de la nappe sortie, un peu pourrie, du buffet, et je m'y égarais comme un malade sur le mur de sa chambre, les groupant en nuages, les individualisant en grimaces. Tu dors, Jacques ? finissait toujours par dire une tête sur son plat. Je ne dormais pas ; je ne m'occupais pas d'eux : est-ce que les paysans de Malcastel s'occupaient des Romains, dans leur trou de village ? Les enfants sont très seuls. Et moi, j'étais orphelin du début de la guerre, une solitude de plus. Je mâchais ce nom d'orphelin... Enfin, la guerre était déjà terminée, c'est dire ma sottise, quand j'ai su qui étaient mes parrains. Une voisine en voulait à ma mère : elle est venue se planter devant notre maison (une maison étroite, pignon sur rue, blanche aux volets marrons, du bon type à Fontbeuve).

— Ça, une veuve de guerre ! ça, une veuve ! Elle fait croire à son fieu que ses amoureux c'est des parrains.

Et comme j'apparaissais à la fenêtre, poussé par la curiosité, elle m'accueillit par l'injure séculaire, particulièrement déplacée après l'Entente cordiale et la victoire : « Bâtard d'Inglé ! » Là, je suis demeuré tout saisi, je ne le nie pas. Il y a des paquets difficiles à recevoir. Petit imbécile que j'étais, de n'avoir pas compris plus tôt !

Jacques se chuchotait ces souvenirs levés par la fille Boual. Fontbeuve germe en la maigre terre de Malcastel. Nuit toute refroidie : il se lève, se barbouille de vent, redescend Dieu sait comme de sa « planète ». Avait-elle un amoureux dès le jour où je l'ai vue sous le linteau, en train de couper le pain ? Les vignes tremblent un peu sous le vent. Je sais maintenant qu'elles existaient en l'an mille... Malcastel, ma seule compagnie. Mon village, présent en piles dans l'étroit cabinet. Moi sans personne, marié sans femme, père sans enfant, voyageur sans connaissance, mémoire trouble.

XII

L'enceinte du village se reconstruisit en lui, victorieuse et fermée sur elle-même. Village violé ; ces mots, couleur d'angoisse, fondaient soudain dans sa bouche, effaçant le souvenir de la petite fille. Les mercenaires vendus et revendus aux deux partis pouvaient maintenant venir, devant la pierre choisie par ceux de Malcastel : pierre fortement présente depuis des siècles, cinq pieds d'épaisseur en bas, quatre en haut. Murailles ! L'évêque de Cahors les avait signées de son égratignure, sur le papier de la concession du bourg fortifié à ses bourgeois. C'était dans le château fort de Saint-Côme, devant le seigneur et maître de cette terre.

Et le combat des hommes de Malcastel pour se protéger n'avait pas été moindre contre leur propre seigneur qu'envers les soudards ennemis : Antoine de Castelnau de Calmont d'Olt savait que les vassaux ne paient et ne travaillent que s'ils vivent incertains de leur propre vie. C'est pourquoi il avait longtemps résisté. Mais les paysans ne lui envoyaient plus que du blé tout dévasté par les pillards, et l'intérêt n'y était plus. Le curé annonça en chaire que des notables de la commune l'accompagneraient, pour signer la construction du fort : huppe, dans les trous de l'arbre tu criais déjà quand le traité se fit, car tous les printemps se ressemblent. L'espoir était dans sa nouveauté. Devant l'évêque bien raide dans ses ors, il fut conclu que l'enceinte serait bâtie au quartier del Torral, et tout l'intérieur divisé en logements pour les familles de Malcastel.

Les gens construisirent leur muraille trois ans durant. Ils avaient commencé par un angle d'enceinte qu'ils refermèrent sur lui-même, aussi vite qu'ils purent. L'abri était trouvé contre les pillards : il fallait voir gens et bêtes entassés là-dedans, quand le veilleur avait proclamé un danger ! Les fermes désertes, arrive qui peut ; on n'emportera plus que la marmite. Puis après se ralentit le zèle. Tant qu'ils bâtissaient, ils n'envoyaient pas d'ouvriers à Saint-Côme pour l'usage du seigneur : telle était la convention. Aussi, on ne se pressait pas. Chacun s'y mettait un peu, au retour du travail.

Ce fut l'étonnement quand Rigal se mit à réclamer que la construction se fît plus vite. Il disait que sa ferme menaçant ruine, sa décision était de s'installer complètement dans le fort avec sa famille ; pour l'instant, il n'avait nulle part un abri qui vaille. On termina le fort plus vite. Et voilà qu'une fois la massive enceinte terminée, le sud plus court que le nord, les murailles du levant et du couchant grimpant longuement, comme elles pouvaient, sur les bosselures du terrain, les clés de l'unique porte en usage se trouvèrent entre les mains de Rigal.

C'était un coup monté entre le seigneur et lui. Pauvre, sans influence, il devint de ce coup le principal personnage du village. Un fromage ou un pain sont bien vite obtenus, quand on commande la fermeture d'une place. Jamais ses compatriotes ne surent comment il avait fait pour obtenir sa charge. Or, il vécut vieux, ainsi que les violents.

N'importe : Malcastel avait sa citadelle. C'était à Malcastel que se faisait le guet en temps de combat : autant dire en tout temps. Les habitants avaient construit l'enceinte. Oui, sans doute : mais le véritable bâtisseur en avait été l'évêque Jean d'Albi, par un simple signe de sa main. Par la suite, les notables du village ne se lassaient pas d'évoquer le moment où cette signature hâtivement tracée, le temps de cligner un œil, avait fondé leurs murs. Puis le souvenir s'en atténua, ne reprit force qu'au printemps et à l'automne, lorsque retentissait le chant de la huppe. Hélas ! l'oiseau devint seul, un jour, à chanter la construction du village, oubliée même des siens. Seul. Le village attendait, le ventre au grand soleil ou à la neige, jusqu'à ce que vienne cet homme un peu courbé qui reconstituait sa geste.

XIII

Malcastel n'avait point de garde champêtre attitré. Mais Pierre Druhles en tenait le rôle à l'occasion, car on ne pouvait à tout événement faire venir de Combes (le chef-lieu de canton) le titulaire de la charge. Pierre Druhles possédait une trompe bosselée dans le buffet de sa cuisine, seule sur le rayon du milieu. Il expliquait : « Ce qui est à la commune n'est pas à la femme. Elle n'a qu'à ranger ses assiettes où elle veut. » Aux jours d'annonce, il sonnait une fois dans l'enceinte du village, une fois près de l'église, et prenait la route pour sonner encore au-delà du tournant, à l'adresse de l'école tout spécialement. Et c'était l'usage que les gamins et gamines sortent de la classe, en bousculant les fleurs des plates-bandes, laissant là le plus absorbant des problèmes, la plus rusée des analyses logiques.

Or, ce mardi, une nouvelle fut annoncée : la fille Boual avait perdu une pièce de vingt francs ancienne, de son douzain de mariage, dont elle était allée faire réapprécier la valeur chez le bijoutier du bourg. C'était là un fait inouï dans Malcastel. Les filles y gardaient leur douzain plus pieusement que leur vertu, à tel point que l'expression « perdre son douzain » n'existait qu'au sens métaphorique, pour désigner les filles peu sages. Les enfants accueillirent la nouvelle par des murmures qui se changèrent en huées quand on aperçut la fille Boual elle-même. Elle ne pouvait se tenir de suivre à distance Pierre Druhles. Elle croyait à chaque pas tomber de honte ; mais l'argent dresse contre la honte. Jacques le constatait tristement. Il avait cru et voulu croire, toute sa vie, aux valeurs du travail. Epargne, mais non avarice. Seulement il savait bien que les élèves, si petits qu'ils soient, rognaient déjà sur les marges de leur cahier. Il avait récemment tiré d'un pupitre un Père Noël en chocolat tout couvert d'une malsaine couche blanche. C'était le « bonhomme » de Lisette Lavergne, qui n'avait pu se résoudre à le manger aussitôt donné. Elle l'avait emporté en classe et chaque jour le léchait furtivement, escomptant ainsi à la fois les joies de la gourmandise et celles de la conservation, jusqu'à ce que la moisissure vînt la punir. Alors la fille Boual, qui toute sa vie avait eu sous les yeux un bon exemple, elle dont la mère entassait de vieux chiffons au sommet de l'armoire, la fille Boual, voyant perdue sa pièce...

Jacques avait à présent dépassé le temps où le jeudi soir et le dimanche soir étaient des périodes suspendues à l'écart de sa vie. Pourtant il ne buvait point davantage ; mais, davantage, son cœur lâchait. Malcastel, désormais irréductiblement lié à Fontbeuve, forçait le souvenir. Parfois, dans la salle de classe chaude et malodorante, quelque vieil événement se mêlait aux lignes du livre de morale et le contredisait. Son image était splendide, et prévalait sur des maximes usées par le temps. Tandis que tout le village s'entretenait du douzain égaré, que la fille recevait une raclée paternelle pour l'avoir si mal gardé intègre, Jacques rêvait, dominant la buée qui sortait des élèves. Etait-ce bien la peine d'endiguer en lui ce flot de vie réelle ? Du gris au bleu, par les fenêtres, le ciel était indécis. Ce doute dura une minute, jusqu'à ce que la fille Verghnes donne un coup de sabot à sa voisine. Mais c'était bien suffisant pour étonner l'instituteur sur lui-même, et pour lui rappeler que cette cruelle Marguerite avait frappé une nuit son cœur, avant de suivre, ridicule, Pierre Druhles sonnant de la trompe.

XIV

J'ai dit aux enfants : « Vous n'avez qu'à penser au tableau du fond gauche à l'église pour vous souvenir de ce costume. — Mais quel tableau, monsieur ? » Aucun ne l'avait vu, le berger en tunique et bonnet, faisant offrande à la Vierge. Au fait je n'y pense, moi, que parce que la Vierge ressemble à la fille Boual. Ressemblait. Maintenant que je l'ai vue en amoureuse, la terre se replie autour d'elle ; ce n'est plus une madone, c'est une putain. Mais ce village, ce village aussi est impur depuis qu'a été peint le tableau. La Vierge peut bien être la Marguerite Boual de maintenant. La route de Saint-Jacques-de-Compostelle à Lyon est passée par Malcastel, voici cinq cents ans, sentine d'influences et d'actes obscurs. Les pierres de l'église ont été amenées grâce à la route : église souillée, avant même de se dresser. On chanta *Locus ille irreprehensibilis est* lors de sa dédicace ; mais elle était déjà grosse de crimes et de dégoûts. Peu à peu, elle s'est enflée d'autres humeurs : tous les mauvais actes aboutissaient à elle, pour être dénoncés en chaire. Ce n'est pas notre curé qui donnera le coup de lancette pour la délivrer. Il y a peut-être un moyen, d'exorcisme ou de prière ? Il ne sait pas. Tant d'empoisonneurs ont été trouvés dans la commune, que bientôt il était impossible de passer à gué la Boralde : qui marche dans une eau appartenant au criminel prend sur lui une part du crime. Et les ponts se multiplièrent, construits par les coupables. On en trouve encore des vestiges. Le curé dit qu'ils sont preuve d'une prospérité ancienne. Oui, parle ! Avec ton beau regard, tu ne feras rien contre les puissances qui ont régné si longtemps sur Malcastel. Celui qui a fondé ce village devait être mauvais dans son cœur.

Je n'aimais la fille Boual que dans sa vision de dessous la porte, le pain sur le ventre. A présent, un autre sait au juste la tiédeur de sa peau, le changement de ses yeux entre la placidité ménagère et l'amour. Il faudra que je me résigne à la disparition de sa belle forme. Le notaire de Fontbeuve avait coutume de cesser d'embrasser les jeunes filles de ses amis, du jour où il apprenait qu'elles avaient un amoureux. Et moi, dans Malcastel, je reconnaîtrai désormais la trace de l'entrepreneur de l'église, qui fondait dans le même temps la première taverne qu'aient fréquentée les paysans de par ici. Je ne séparerai plus le monde en bons et en méchants, comme si je ne savais pas ce que j'étais, moi, au moment par exemple de renouveler mes vœux de baptême, à treize ans. Le brassard au bras, le cierge à la main, des parents par-derrière, tout ce qu'il faut ! Or, non seulement j'avais l'habitude de la scène avec la boîte de cacao, tous les matins. Mais encore je mentais avec aplomb, et ma chère maman aussi, derrière moi, au milieu de la famille assemblée. Toujours pour ne pas faire soupçonner l'existence des parrains. A la fin de journée, ses nerfs étaient tellement à vif, à maman, qu'elle m'a giflé sous prétexte que j'avais mis de la sauce tomate sur mon brassard. En fait je la comprends bien ; elle avait craint des heures durant que je parle du parrain, soit étourderie, soit malice. Et la guerre venait de se terminer, au point qu'on avait eu beaucoup de mal à se procurer le gâteau nécessaire à ce jour. Mais je savais déjà ce qu'était un parrain, et des imaginations me venaient toujours devant celui qui était en vigueur. Maman avait une bouche mince que j'aurais voulu goûter (pourquoi pas moi ?) ; mais quels que fussent mes efforts pour l'atteindre en embrassant maman, je n'y parvenais point. En cachette, je suçais son rouge à lèvres qui sentait la framboise. C'était toujours autant de pris.

Pourtant, quelle douceur alors ! Si la vérité nous avait été connue, si l'orphelin de guerre et la veuve (malgré tout) de guerre avaient appris ce que je ne veux pas laisser monter à la surface du souvenir, ce que je refoule de toutes mes forces avec l'histoire de Malcastel !

Elle était là, ma fille Boual. Un autre la serrait contre lui. Elle perdait son douzain. Mais la Vierge du tableau, dans l'église, avait aussi perdu le sien depuis longtemps, et leur ressemblance aurait dû m'éclairer. C'est un des premiers papiers que j'ai trouvés, que cette donation de la Vierge par une femme arrivée de Feurs en pèlerinage, à grande escorte. Elle l'a donnée et fait peindre à son image pour avoir échappé aux périls de l'Aubrac ; mais le curé d'alors, avec une écriture honnête de robin, a noté à la suite de l'acte : « Cette femme n'est point si bonne », et qu'elle a fait scandale à l'hôtellerie avec un galant compris dans son escorte. Je suis bien sûr qu'il existe des magies de ressemblance.

La lampe éclaire en biais Jacques dans le miroir, les étagères ployantes et les tas de papiers inégaux. Deux fois déjà il a fallu recharger la lampe d'une nouvelle pile ; mais l'odeur de pommes ne s'est pas atténuée. Maintenant que Jacques reconnaît en bas sa vieille faiblesse aux battements de son cœur, il lui arrive aussi, en pelant une pomme, d'évoquer l'autre Jacques qui vit de papiers et d'odeur fanée. Il se penche sur le cahier d'une fille Boual de l'ancien temps, à l'écriture bouclée, qui fit des rédactions sur l'utilité de ne point mépriser ses parents, quoiqu'ils ne soient pas titulaires du certificat d'études. A ce signe, on peut conjecturer qu'elle vécut son propre certificat vers 1875. Une arrière-grand-tante de l'actuelle fille Boual. Est-ce qu'elle aussi se laissa prendre à un garçon ? Les femmes avaient alors, ou un peu plus tard, des jarretières que je me rappelle, moi sournois ramassant des serviettes sous la table en regardant les cuisses pâles des femmes de la famille. Quand j'y pense, comment, de ce composé d'envies et de dissimulations, en suis-je arrivé à vouloir faire, avec moi, avec le même, un père de famille, un barrésien d'après la révolte ?

Il effleure les papiers maladroitement reficelés deux fois la semaine dans leur ordre primitif. Comme les défauts cachés d'un ami, les plaies du village, invisibles à tous maintenant, lui plaisent à découvrir. Il lit des successions de pages recopiées par son prédécesseur en écriture pâlie déjà. Il ne se laisse rebuter ni par les ventes à n'en plus finir, ni par les histoires interrompues tout à coup. C'est comme l'éducation d'un enfant : mais, envers les gens, il n'a jamais eu de patience. Le village la lui apprend.

Il renoue la ficelle autour de ce siècle qu'il vient de parcourir et s'accoude à la table. En ce temps-là... Il rêve au chemin qui traverse le champ d'Alazard, un chemin bien ancien, comme on dit à Malcastel ; sans savoir ni le nom qui lui fut octroyé, ni sa destination. Car si les dalles de pierres affleurent dans le champ, on en perd ensuite la trace, soit disparues, soit couvertes de trop de terre. Alazard lui-même déplacerait bien celles qui lui coupent le champ. Mais c'est terre de misère, et la peine serait trop grande pour le résultat. Les gens parlent d'elles en les nommant simplement *lou cami* — le chemin. Et le curé dit que ce pourrait être une ancienne voie romaine, car il a l'orgueil de sa paroisse. Jacques seul est au courant. Jacques, seul, sait que le chemin se nommait anciennement le Chemin des Anglais. Les Anglais viennent et pillent, ils passent le pont, ils prennent le bourg sans défense, ils dépouillent le curé.

Et de rage, ce curé, ennemi comme tous du prieur de l'Albespin, enseigne aux soldats ennemis le chemin qui mène à l'abbaye d'outre-colline. Témoin de sa trahison, le petit clerc Jean Bousquet s'en va prévenir les moines, pour qu'au moins ils mettent dans la tour leurs corps en sûreté. Mais l'abbaye est mise à sac et incendiée. Une trahison du curé : il fut ensuite dénoncé au comte et à l'évêque, et finit en dure prison. Mais il avait vendu ses pairs. Qui désherbe une ancienne voie ne saurait découvrir grand bien. Cela n'est pas vrai seulement des villages. Et je ne veux pas me rappeler ce jour de Fontbeuve. Je ne veux pas.

Jacques descend l'escalier ; mais l'odeur désuète de pommes s'attache à ses vêtements. Il fatigue.

XV

Mars clair s'avançait. Ce serait pour Malcastel une année du Midi. Le curé orna son autel des premiers bourgeons et sortit ses homélies de printemps : il avait trois années d'allocutions toutes prêtes, ficelées dans des cartons à chaussures qu'il fourrait sous son lit. Elles pouvaient servir indéfiniment sans que les paroissiens s'en aperçoivent : le sermon était plutôt, pour eux, une cérémonie nécessaire et sociale qu'une parole de vie. A peine s'animaient-ils aux allusions que le curé, par une habitude d'ancien professeur, glissait à l'actualité locale ou nationale quand le texte y prêtait (une note en marge le samedi, quand il sortait le papier du carton à chaussures). Ami du maître maintenant, il se plaisait à évoquer les couloirs du petit séminaire, où les élèves faisaient autour de lui des projets d'avenir. Ils appartenaient aux meilleures familles de l'endroit, qui n'aimaient point la promiscuité du lycée de Rodez. A quelques kilomètres de Malcastel, mais on eût dit, tant c'était étrange, dans une autre contrée, le curé avait ainsi dispensé les rudiments de l'algèbre et de la géométrie.

— Et voilà ma vie, qui n'est pas bien compliquée : le petit et le grand séminaire, et puis encore le petit, de l'autre côté de la chaire, c'est tout. J'étais professeur de cinquième et de quatrième ; j'aurais eu la troisième au bout de quelques années. Les gamins n'étaient pas tous commodes. Mais je savais leur faire allonger les doigts pour recevoir ma règle.

Il regardait les instruments, équerre, compas, sphère, poussiéreux sur la grande table. Mais il ne marquait pas de regret. Il appartenait plus à la terre de Malcastel qu'au monde savant et discipliné dont il avait goûté, par un caprice du grand vicaire venu inspecter l'école du village, au temps où l'école était religieuse. Pourtant Jacques sentait bien qu'il avait cru sa vie toute faite dans les couloirs voûtés du séminaire. Quand la douceur du jour, un dimanche après la messe, fut telle que le curé put ouvrir les deux fenêtres de la salle, il s'en expliqua. Peut-être était-ce aussi que Jacques citait à présent plus volontiers les phrases des enfants que celles de sa morale officielle.

— J'avais un collègue qui enseignait le latin, un jeune prêtre mal fait pour son métier, il faut croire, car les gamins le chahutaient. Vous ne pouvez pas vous imaginer ce qu'ils lui ont jeté de boules puantes ; les sottises qu'ils lui ont dites ; les traductions qu'ils lui ont inventées. Il ne se plaignait pas, il laissait les enfants sans les punir. Nous, on se contentait de se dire : Il n'a pas trop d'autorité sur les gosses. Voilà qu'un matin, en entrant dans la salle des quatrième, on l'a trouvé pendu à la fenêtre. Alors j'en ai eu mon soûl.

Il ne dit pas de quoi ou de qui il en avait eu assez, malhabile qu'il était à s'exprimer. Jacques ne manqua d'ailleurs pas de lui représenter que le choix d'une cure dans sa campagne, où tout le monde lui était allié ou ancien ami, était plus sage et plus utile que l'enseignement. Mais l'histoire du curé avait remué en lui des émotions anciennes, et contribué à mordre sur le monde bien ordonné, clair et volontaire, qu'il avait cru préserver. Il sortit dans les champs qui le séparaient de la Boralde, et il savait qu'il connaissait mieux qu'un autre la terre qu'il parcourait. Il parlait désormais par deux bouches. Mais peu entendaient les paroles de la seconde : les bêtes chaudes, dans le pré du ruisseau, et le ruisseau lui-même. Car dans ses promenades du soir, il ne concevait ni cours de morale, ni apologie de soi-même. Il se demandait si le curé n'avait pas eu de bonnes raisons d'être las — des raisons meilleures encore que celles par lesquelles Jacques l'avait justifié.

⁂

Il ne ressentait plus seulement l'envie de boire en ouvrant le placard de la cuisine, mais aussi en classe, devant les enfants auxquels il enseignait, au cours élémentaire, l'histoire de Jeanne d'Arc. Il ajoutait à la sécheresse des faits historiques des considérations morales : l'héroïne était le symbole de l'union entre les Français. Tout le monde pouvait s'entendre à son propos et la vénérer. Seulement il était désormais surpris de l'inanité de ces phrases, dont il s'était si longtemps contenté. L'enfant de chœur Maurice Alazard et la fille du militant radical-socialiste Arlette Cabantous l'écoutaient d'un air appliqué, mais, tout comme s'il avait fait sortir un lapin d'un chapeau, ne prenaient nullement ses actes et paroles pour signes d'une conduite à suivre. Ils se disputaient à la récréation pour savoir si, oui ou non, Jeanne d'Arc avait été brûlée par les curés.

Jacques avait soif, de Malcastel et de Fontbeuve, soif de lui-même, loin de cet instituteur Jacques qui ne parvenait plus à croire en sa dignité. Le cheval de l'ancien temps s'impatientait dehors, à la vitre claire, au-dessus des enfants. Mais il fallait demeurer sévère, intéresser et toucher la belle-fille Barre, debout dans l'embrasure de la porte intérieure. Il fallait continuer à exercer la fausse puissance. L'intervalle le plus pénible à vivre était celui du lundi au jeudi : longues journées, soirées où les cahiers se donnaient sans mystère à la correction, au lieu d'évoquer les morts. Deux et trois semaines de suite, Jacques eut tellement envie de boire le mercredi qu'il eut peine à tenir sa promesse. La troisième semaine enfin, se trouvant au jeudi à midi, seul, sans écoliers à nourrir de vérité dans quelques minutes, il but. Il s'arrangeait avec lui-même ; je ne bois pas pour la boisson, mais pour après. La preuve : je vide d'un coup mon verre. Mais il n'était tout de même pas bien fier de manquer pour la première fois à son programme.

Il partit vers les bois de l'Aubrac où il avait cru naguère pouvoir reprendre visage de vagabond. Mais cette fois il suivait la route de tout le monde, sûr de la descendre dans quelques heures. Il entendait avec quelque soulagement sonner la cloche de l'église. Je crois en Dieu. Surtout par désir de ne pas me perdre, il faut le reconnaître. La prière me place au centre. Nul, au moins, ne pourra m'en débusquer. Il pensait alors à la fille Boual. Pas de nouvelle d'elle depuis son incartade ; et le petit frère, à l'école, avait l'air de ses mauvais jours.

Vers la gauche monte une solitude aux genêts raides, traversée parfois d'un cri d'oiseau. Le cœur saute à parcourir ces landes. Jacques parvenait à la forêt ; devant un sentier tracé peu de mois auparavant par les bûcherons, il écartait les branches. Que serait pour moi une compagnie ? Une fille Boual qui me précéderait, en me giflant de ces branches qu'elle aurait lâchées trop tôt ? Il passe des murettes ruinées ; près des sapins, une plaque de neige remontant à plusieurs semaines ; mais l'air est très doux dans le cercle des arbres. Une fille Boual que je serrerais contre moi. Lucidité : je pense à une fille, mais je ne voudrais pas la voir ici réellement. Elle me dérangerait. Je n'étais pas heureux d'avoir une femme, et c'est pourquoi la mienne gardait cet air d'animal poursuivi. C'est d'imagination que je me complais ainsi.

Le souvenir entre, il n'y a rien à faire contre. En 1921, la guerre semblait bien finie, et le soulagement des jeunes générations s'exprimait jusqu'à Fontbeuve par des libertés au milieu desquelles s'estompaient celles de la mère de Jacques. Le parrain étant toujours le même depuis trois ans ; d'ailleurs, les voisins se résolvaient à parler à Mme Degrès de « son mari », oubliant un mort encombrant. Seul Jacques n'oubliait pas. C'était un assez bon élève, un assez bon garçon, et sa mère n'aurait pas demandé mieux que d'être fière de lui : mais cet enfant refusait de se livrer, regardait son parrain avec haine, enfin ne faisait rien pour qu'on s'attache à lui. Sans sa présence, les vieilles histoires auraient pu se purifier. Mais quand, à table, elle s'oubliait à parler avec regret de son mari mort à la guerre, le sourire de Jacques était trop gênant. Lui gardait un souvenir personnel de son père mort. Douloureux de l'avoir si peu connu, il pensait à lui comme à l'un de ces héros dont l'histoire contait désormais les exploits. Il s'était approprié les photographies de l'album familial et les conservait dans son portefeuille : son père fiancé et jeune marié (la mère, présente à ses côtés, avait été découpée et jetée) ; son père en uniforme. Il contemplait souvent ce portrait-là, seul, le soir. C'était sa prière. Il lisait les journaux bleu horizon. Il se répétait : je suis son fils. Aussi, quelle joie, le matin où un voyageur de commerce se présenta chez eux comme un camarade de régiment du défunt ! Il plut tant qu'on lui offrit la chambre d'amis durant tout son séjour en ville. Le parrain ne le choquait pas (lui aussi, il ignorait que dès le vivant du père...). Et la mère aimait l'entendre évoquer la guerre — « leur » guerre, se répétait Jacques. Il écoutait avidement, lui. Il tremblait aux dangers courus par ces hommes en position avancée sur une colline lorraine, il vivait les matins des tranchées, les capotes lourdes de boue ; et il regardait cet homme un peu gras, un peu vulgaire, dont les yeux avaient vu son père jusqu'au dernier moment. Le voyageur ne l'évoquait jamais, ce dernier moment. Jacques lui savait gré de sa discrétion. Il avait honte du « parrain » assis près d'eux. Et quand partit le camarade du mort Degrès, il dut promettre de repasser à Fontbeuve en fin de tournée.

Des cigarettes circulaient en contrebande dans la cour du lycée ; les grands se montraient en cachette, durant l'étude, des revolvers rapportés de la guerre par leurs pères, et les échangeaient. Ils se vantaient d'aller au bordel. Mais rien n'était plus admirable pour eux que de se promener avec une « vraie » jeune fille à la vue des copains. « C'est parce que rien de tout cela ne m'était permis », se dit Jacques, fixant le ciel touffu d'aiguilles de sapin, puis la neige, qui fond très vite à la chaleur de sa main. Les brins de mousse se délivrent d'elle un à un. La corolle d'un perce-neige s'ouvre au soleil. Le silence est rendu plus profond par quelque bruit de branche.

Parce que rien de tout cela ne lui était permis, Jacques a bêtement fracturé avec un canif la caisse de solidarité de la classe. Il évoque ce jour gris sans reflet, un jour si bien de Fontbeuve, et le placard vitré au fond duquel se trouvait la caisse. Il est parti serrant dans sa poche le billet, tout étonné que le concierge ne l'arrête pas ; puis il s'est rendu au bord de la rivière pourrie qui baigne le bas quartier, encore hésitant devant « la maison ». Il a fini quand même par y pénétrer. Et ce qui l'a frappé, ce qui le frappe encore maintenant qu'il s'accorde d'évoquer tout franchement la scène, c'est que rien dans ces actes n'avait d'allure insolite, non plus que sa coucherie dans une chambre étouffante, tapissée, fourrée de bibelots, qui aurait pu être celle d'un bourgeois de la ville haute. C'est là qu'il a été déçu par la figure terne du mal. Peut-être cette grisaille se trouvait-elle plutôt dans son cœur ? Toujours est-il qu'elle lui a inspiré la démarche la moins attendue. Le soir même, il sonnait au domicile particulier du censeur pour se confesser à lui. Le censeur n'était guère préparé à entendre ces révélations. Jacques le revoit se tenant le front et répétant « C'est fou ! C'est fou ! », dans une salle à manger qui rappelait tout à fait la chambre de la putain. « Regrettez-vous au moins votre conduite ? » Mais Jacques se sentait l'âme sèche. L'aveu ne lui avait pas apporté plus d'émotion que la faute.

Il soupire, se lève, se rassied à quelques pas sur une souche. Je voudrais combattre ce souvenir, mais la solitude est riche de cruauté. Quelle histoire est née de cette incartade ! Le bureau du proviseur, ma mère en pleurs disant qu'elle était veuve, et moi. Moi debout, incapable de ressentir un sentiment autre que l'ennui. On m'a gardé au lycée ; on a étouffé « la vilaine affaire » parce que j'étais le fils d'un héros. Mais j'ai assez essuyé de sermons pour me révolter et déclarer à ma mère que j'allais partir de Fontbeuve. Le camarade de mon père (de papa, que je l'appelle une fois encore ainsi !) revenait justement. Ne sachant à qui avoir recours, ma mère l'a supplié d'intervenir.

Nous nous sommes enfermés tous deux dans la buanderie, nous nous sommes assis sur des caisses de savon « Au Raisin » : le savon des lessives familiales. Tous deux, nous avons gardé un temps de silence. Le lavoir suait son humidité : ce froid propre, implacable, passait entre nous. Enfin le voyageur a parlé :

— Ça ne m'étonne pas, vu ton père. Vu qu'il était aussi crapule que toi.

J'aurais voulu gifler cette figure grasse, mais je restais immobile sur ma caisse à savon, les yeux fixes.

— Je vais te le dire, à toi, ce que je ne dirais pas à ta mère. Vous vous imaginez qu'il est mort parce qu'il s'est bien conduit. Mon petit, en décembre 15, ton père a été fusillé par nous dans un fossé, tu entends ? Il avait disparu un matin de notre tranchée. On nous l'a ramené dix, douze jours après, tout déchiré ; ça n'a pas été long de décider de son sort. C'est qu'il n'avait pas seulement déserté, mais encore pillé des maisons de Français et blessé un civil· On l'a fusillé. Puis on a maquillé la chose, à cause du régiment et de vous aussi. Ta mère avait besoin de sa pension de veuve. Je regrette d'avoir à te dire ça, mais c'est bien ta faute. Tu t'en surveilleras mieux désormais. Ce sont des choses qu'on n'oublie pas.

Il aurait pu parler des heures durant que je n'aurais pas fait un mouvement. Mais il est parti aussitôt de la buanderie, me laissant en tête à tête avec la nouvelle image de mon père — une crapule. La nasse aux rats était à mes pieds. Quand des bêtes s'y étaient laissé prendre, ma mère emplissait d'eau le petit bac du lavoir et y plongeait la nasse. Les rats couraient un moment sous l'eau, les yeux tout brillants d'anxiété, puis ils se mettaient sur le flanc et mouraient lentement, avec de grands efforts. J'avais aimé voir ces exécutions dans ma petite enfance ; mais depuis quelques années, je me détournais de ce spectacle comme d'une torture dégoûtante, exercée, pour comble, par ma mère (je ne me disais jamais « maman »). J'ai alors à mon tour empli d'eau le petit côté du lavoir, et j'y ai déchiré les photographies de mon père, que je gardais avec moi. J'ai dû attendre longtemps que le papier s'amollisse. J'ai fait une bouillie des fragments qui surnageaient, et j'ai ouvert la bonde. Le soir était tombé quand je suis sorti de la buanderie et que je suis monté me coucher. Ma mère m'épiait par la porte entrouverte de la salle, mais elle n'a pas osé me parler. Je ne suis point parti de Fontbeuve.

Je ferme les yeux. Marguerite Boual s'est effacée de mon amour. Le seul innocent de mon village, le fils de l'épicière, je l'ai sali dès le premier jour. Il faudrait que je lui dise... mais c'est alors que je le perdrais, lui, son regard qui a confiance, sa main fraîche les matins de classe.

C'est ta vraie vie, Jacques, et non celle que tu fais connaître au curé ou à ces bonnes gens. Ta vraie vie ; plus lourde que le petit paquet contenant des chemises, un diplôme et un livre.

Une odeur pure suit la route qui descend vers Malcastel, village muet d'ordinaire : mais, en approchant, Jacques entend sortir de la muraille l'unique berceuse que savent les gens de par ici : « La cloche de Lugan est tombée dans l'étang. Qui l'a dit ? Le Roi petit. Va lui dire qu'il a menti », et deux voix qui discutent dur sur mille francs. Une vieille reçoit la visite du pierrot, ce marchand de peaux de lapins, qui ramasse aussi de vieux meubles pour les revendre aux antiquaires.

XVI

Ce village jamais ne s'était appartenu : domaine du prieur de Coubisou, de la riche abbaye de Conques, des seigneurs ou des moines, la Révolution ne lui avait même pas donné l'indépendance. Il était fraction du bourg de Combes. Quand les gens de Malcastel disaient « le chef-lieu », c'était ce bourg qu'ils voulaient dire, avec ses cinq ou six boutiques et sa foire toutes les semaines, et non Rodez, la capitale du département, où se trouvait maintenant Jacques. Il avait été prié par l'inspecteur primaire de participer à une réunion d'instituteurs. Un dimanche, naturellement. Les rues vides montaient vers la cathédrale qui aspirait les nouveaux venus, tout étonnés d'avoir ensuite à emprunter une rue adjacente pour se masser devant l'école, dont la porte tardait à s'ouvrir. Jacques était le seul à ne connaître aucun de ses collègues, et il était si différent d'eux qu'ils ne le crurent pas des leurs, mais peut-être un délégué de l'Inspection académique. Ils s'en méfièrent aussitôt : quel besoin d'être espionnés par des gens qui n'y connaissent rien, puis vont vous écrire des circulaires auxquelles vous êtes bien forcés d'obéir ?

Ils avaient tous l'accent du pays, tous sortis du lycée (en fruits secs incapables d'obtenir des diplômes supérieurs) ou des écoles normales (trop grandes, maintenant que nul malin ne voulait plus embrasser la profession). Mais à peine faits instituteurs, les voilà qui changeaient d'allure. Les parents venaient les consulter; l'autorité cantonale comptait avec eux. Surtout, ils dispensaient aux enfants une science tellement élémentaire qu'ils étaient sûrs de son existence. Jacques les entendit se scandaliser des fautes d'orthographe commises par des bacheliers, comme si c'eût été le péché suprême. Les dames avaient sorti leur manteau de castor ou de mouton doré: elles le palpaient en révélant son prix, et faisaient remarquer en douceur que là-bas, dans un autre groupe, une collègue portait encore son chapeau de l'année passée. Une odeur de naphtaline s'élevait. Dans les campagnes, on ne peut pas se faire propre tous les jours, et il faut bien conserver les affaires. Le troupeau fut enfin parqué dans une salle de classe et, sur les bancs trop petits, reprit une âme espiègle. Les messieurs se passaient des papiers ; les institutrices se poussaient le coude aux passages allusifs du discours inspectoral. On fit l'appel. Chuchotements au nom de M. Degrès, de Malcastel. A peine s'il gagnait dans l'esprit de ses collègues: ils connaissaient le proverbe. Aussi demeura-t-il solitaire dans la salle de classe où une institutrice, au tableau, faisait une leçon modèle. C'était pour elle un redoutable honneur. Pour cette leçon sur les Gaulois, elle avait fait dessiner, découper, chercher du gui à l'école entière. Encore sa voix tremblait-elle, tout âgée qu'elle fût.

Jacques n'entendit pas le début de l'exposé. Pris violemment par l'odeur du pupitre, il revivait le grand silence auquel il était tombé à Fontbeuve, au lycée comme à la maison, pour enfermer la vérité sur la mort de son père. Il ne voulait pas en partager la douleur avec sa mère. D'un autre côté, comment la blâmer tout à fait d'avoir fait succéder les parrains aux parrains, maintenant qu'il savait ? Qu'il savait ? C'est alors que son esprit fut affligé d'une confusion absolue. Ne pouvant approuver l'un des deux, il les condamna ensemble, avec toute la violence dont il était capable. On le disait sournois parmi ses camarades, qui avaient soupçonné son équipée Dieu sait comme, peut-être par les bavardages de la putain, peut-être par quelques paroles mal mesurées du censeur. Silence devant la cafetière matinale, qui avait désormais remplacé la boîte de cacao ; silence durant les heures de cours, après lesquelles il rentrait directement chez lui, sans jamais rechercher de fille. Jamais non plus il ne se joignait aux groupes de ceux qui fumaient une cigarette en discutant les mérites d'un écrivain : s'il ne courait pas la gueuse, il ne garçonnait pas non plus.

Il se voyait fils d'un pilleur, d'un assassin presque, et d'une femme qui ne valait pas beaucoup plus cher que celles de la basse ville. (Et le pont de pierre de Malcastel fut emporté par les eaux, et les protestants incendièrent le fort, et la peste ravagea plusieurs fois le village, tandis que le curé ne recevait plus que la moitié à peine du vin, du froment et des glands à porcs qu'on lui devait.) Ces pensées, à force de tourner dans sa tête, tournèrent à mal. Jacques était en seconde quand il trouva le porte-monnaie familial traînant sur le buffet comme à l'ordinaire ; il y prit deux francs. La pièce était froide et brillait dans le noir. Elle fut suivie de plusieurs autres. La mère de Jacques portait si peu d'attention à un argent qu'elle ne gagnait pas ! Enfin cet entassement de pièces dans sa poche importuna l'adolescent (le petit jeune homme. « Il devient petit jeune homme », disaient les voisins). Il ne serait pas reparti chez les filles. Un corps mou et soumis dans un lit, le corps de son père dans le fossé, non ! Aussi choisit-il l'autre vice. On est voleur et coureur ; ou bien, on est voleur et ivrogne. Les gens de Fontbeuve ne sortaient pas de là. Entrer dans une épicerie, demander une bouteille, la cacher dans son cartable, ne lui causa aucune émotion appréciable. Mais la boire seul, la nuit, et ressentir ensuite cette bienveillance, cette chaleur que nulle affection ne lui avait apportées, cela fut l'entrée dans un nouveau monde. L'autre vice, c'était décidément le sien.

« Et la druidesse, avec une faucille d'or, coupait le gui sur les chênes. »

Phrase incongrue au milieu de ces souvenirs, prononcée d'une voix sèche, et accompagnée de l'orthographe du mot gui, précisée au tableau. Cette classe de vieux prenait des notes. A côté des fléaux, l'effort des hommes existait, petit et patient. Malcastel construisit des chapelles expiatoires, et prolongea les fortifications jusqu'à l'église. L'autre Jacques prit naissance dans le plaisir défendu. Soirées du lycéen. Journée d'aujourd'hui. Plus besoin de s'aider du vin pour se manifester vainqueur du temps, de la dignité, des réunions magistrales. Jacques sort, toujours seul, de l'école. Il n'a pas aperçu les collègues qui auraient peut-être fait pardonner aux autres, l'institutrice vieillie dans l'aide à son pauvre village, ou l'ami des pierres anciennes parmi lesquelles il est né. Jacques ne porte pas attention à d'autres gens qu'à ceux, imaginaires à demi, qui vécurent à Malcastel, et à lui-même, tel qu'il vient de se découvrir sans honte, méritant une mention à son bachot et se faisant à ce titre féliciter par le proviseur qui lui jette un regard d'absolution — alors qu'il ignore, qu'il ignorera toujours, cet honorable, à quel point Jacques était ivre la veille. J'étais une ville fermée. Le vent crie et glace. Rodez la rouge n'est pas hospitalière, en ce mois de mars qui sent le printemps dans la plaine.

— Je n'ai pas tort d'avoir pris ma fourrure, disent les institutrices en descendant la rue.

La gare sentait l'huile et les gluants départs. Heureusement que Malcastel est à l'écart de la voie ferrée. Le cri du train me serre le cœur à présent, lui qui me séduisait jadis, à Fontbeuve, dans mes rêves.

XVII

Ainsi l'autre Jacques s'étendit peu à peu en Jacques. Il mordit la place réservée aux principes. Les enfants augmentaient en science, les deux grands obstinés vers le certificat d'études. Les belles-de-jour grimpèrent sur les murs de l'école. Dans les deux parterres s'épanouissaient les fleurs que Jacques ne pouvait plus regarder sans gêne. Au temps où elles avaient percé la terre, il se défendait encore contre le souvenir. Ne pouvant ignorer l'histoire du cahier, puisque sous ses yeux le fils de l'épicière en commençait un autre, il la classait dans ces aberrations qui saisissent tous les hommes. Il avait bien, une fois, été au bordel ! Le monde du vin restait séparé du monde lucide. Mais désormais Jacques ne se défendait plus. En plein milieu des classes, les soirs où il buvait lui apparaissaient, glorieux. Parfois il songeait à écrire sa vie, tant elle lui semblait singulière. Mais à quoi bon ?

Il ne donnait plus aux grands l'épisode du sauvetage du drapeau à commenter sans rêver à la pauvreté de son enseignement. Si l'on avait su combien il était incertain, lui qui s'était engagé dans sa jeunesse ! Mais le double lui chuchotait maintenant : « Engagé, tu sais pourquoi ? Pour échapper au parrain et à ta mère. Pour remplacer ton père, aussi. Mais tu voulais le remplacer comme une unité remplace une unité. Bassement. » Il ne s'était pas guéri de la boisson à l'armée, ni d'une confusion intérieure que l'inactivité entretenait plutôt. Il revoyait les dortoirs, les parloirs encombrés de balais et de seaux, la corvée du drapeau parmi les autres corvées. Plus tard, il avait transformé cette platitude en période héroïque, tout comme, dans Malcastel, on avait fini par convertir la sombre terreur de la maladie en lui élevant un autel. L'église était si malsaine en effet dans ce temps pesteux que sur son flanc naquit une tribune à laquelle prêchait le curé. C'était bien, comme on le nommait, l'Autel de la Peste ; celui qui unissait, devant la Vierge de son fronton, des foules à l'haleine molle. Dans des chambres calfeutrées agonisaient cependant des malades qu'on soignait à peine. Les gens qui vivaient maintenant à Malcastel avaient oublié la destination de l'excroissance de pierre qu'ils voyaient chaque dimanche. Et Jacques se rassurait d'enseigner aux enfants les beautés de la vie militaire, songeant qu'ils copiaient sur leur cahier des phrases qui ne parvenaient pas à leur intelligence. Le frère Boual était l'objet de l'attention sournoise des grandes qui, le soleil revenu, ciraient leurs sabots. « La sœur », comme il disait, s'était finalement enfuie de chez elle. Elle n'avait ainsi laissé ignorer à personne le garçon qui lui avait fait dépareiller son douzain, un garçon d'Espalion avec lequel elle vivait comme femme avec son mari. Espalion était bien trop proche pour que Malcastel ne soit pas au courant.

Les enfants s'étaient abordés dans la cour en se chuchotant : « Dis, tu le sais ? », pendant que Georges Boual restait à l'écart, les yeux louches. C'est une petite de huit ans qui avait appris la nouvelle à Jacques (hélas ! plus jamais, sur le pas de la porte...), de cet accent qui amortissait le scandale comme la douleur. De ce même accent le père Boual avait déclaré en public, sur la place, qu'il n'avait plus de fille.

On n'allait certes pas tirer d'étincelle des gamins confiés à Jacques. Ils aimaient leur terre pour les ruses patientes du chasseur ou la taille séculaire des vignes ; ils échangeaient des procédés de pêche à la bouteille ; enfin, ils étaient innocents de la pensée. Aussi ne pouvaient-ils s'apercevoir que le ton de leur maître s'était transformé. Durant les vacances de Pâques, il avait pu ne bouger de sa maison que pour se rendre aux offices et à la boutique. Un instituteur est seul, quand il n'est pas natif du village, et qu'il ne cherche pas la compagnie. Et celui-là était plus seul encore avec lui-même. Car il avait fait ses Pâques (« Ton Créateur tu recevras ») après une confession qui ne révélait pas ses habitudes d'ivresse, ni Malcastel trouvé dans une pauvre pièce.

Seul, à la messe de Pâques, au premier rang. Seul, quand il regardait de sa fenêtre les prés, les oiseaux revenus dans la fraîcheur de la Boralde, et les feuilles au soleil. Seul, devant le plus vif de ses élèves, le fils de l'épicière.

XVIII

Grâce à la méconnaissance du village, il en restait le notable, avec le curé. Aussi furent-ils requis tous les deux. Jacques déjeunait à la pause de midi quand il entendit frapper à la porte de communication entre la classe et la salle. C'était, depuis qu'il habitait Malcastel, la première fois qu'on venait le voir à cette heure. Il ouvrit à un garçon d'aspect rustique. « Vous êtes bien l'instituteur ? — Entrez donc. — C'est que je ne sais pas, vous allez être étonné de ma démarche. Vous ne me connaissez pas. Mais vous savez bien que Marguerite Boual est partie de chez elle ? »

Jacques comprit soudain. Ce garçon lui avait volé la joie de Malcastel, et il ressemblait tant aux autres ! Mais il avait maintenant dépassé sa rancune.

— C'est donc avec vous ? Eh bien, entrez.

La bouteille à eau était posée sur la table, et le garçon la fixait au lieu de regarder Jacques.

— Alors c'est elle qui m'envoie vers vous. On

a eu des torts, je le sais, je ne dis pas, mais on est jeunes et les parents auraient pu comprendre ça. Maintenant nous voilà tout à fait dans l'embarras. Quand on vit ensemble il faut bien s'y attendre. Nous aurons famille dans quelques mois. (Il poussa un ricanement bête, tandis que l'image de la fille Boual déformée passait devant les yeux de Jacques.) On a pensé qu'il fallait se raccommoder avec les parents et se marier. C'est pour ça que je viens vous voir : ils vous ouvriront la porte à vous, tandis que moi ou elle n'avons qu'à y aller pour nous faire mettre dehors. Si vous voulez bien avec le curé, vous nous rendriez service.

— C'est que j'ai ma classe dans une demi-heure. Il faudrait attendre ce soir.

— On ne pourra pas ensemble, alors. Parce que Marguerite est là aussi, mais elle a voulu rester dans le chemin. Moi, le soir, je travaille. Tandis que si on pouvait dans demi-heure voir le curé avec vous et arranger l'histoire, le tourment de Marguerite serait fini. C'est mauvais dans sa position.

Jacques était déjà à la fenêtre : il voyait Marguerite Boual non pas encore femme enceinte, mais grossie, et telle que l'homme avait suffi à la rendre. Il avait eu raison de supprimer depuis longtemps son rêve. Elle et son mari formaient un couple, dans la grossièreté du terme. Il les dissimula dans la salle, et n'hésita pas à licencier les écoliers survenus, sous prétexte d'une grande fatigue. Puis il dut lui-même aller chercher le curé par un chemin qui se perdait quelquefois dans les champs (ne pas éveiller l'attention du village !). Il le réunit à ces deux, qui ne savaient quelle contenance tenir devant lui. Le curé, d'esprit simple, disait « qu'il fallait bien que tout s'arrange ». On partit se concerter dans le chemin creux de la Boralde. Et voilà que le père Boual passait au loin, vers son champ de Prère sans doute, n'ayant pas d'autre propriété dans cette direction. Sa fille se dissimula aussitôt dans un buisson du chemin :

— Je ne veux pas le voir, je ne veux pas, répétait-elle, si bien obstinée que le curé y perdit sa violence, criant que c'était un vrai cinéma et que Marguerite « en avait fait assez comme ça ».

Enfin les voici tous qui empruntent le vieux chemin de Saint-Côme à Malcastel, rejoignant le chemin neuf presque à l'entrée du fort. Le curé et l'instituteur entrent seuls dans le village, peuplé à cette heure de femmes et d'enfants. Ils passent sous le linteau, le linteau gravé d'un cœur, et c'est le curé qui parle, en tutoyant la mère qu'il a connue toute gamine. Elle est bien vite convaincue. Elle languissait de sa fille, elle obsédait son mari d'allusions. Le petit frère est envoyé porter « aux jeunes » l'invitation d'entrer dans la maison. C'est un spectacle pour les curieux des fermes, aux fenêtres, que la vue du trio en marche.

Mais le père, c'était plus difficile. On lui expédia le petit Georges pour tout lui conter ; trois quarts d'heure après, le messager apportait la nouvelle qu'il s'était rendu, de colère, à la pâture des moutons, et refusait de pénétrer dans la ferme tant que ces deux-là y seraient. Il fallut que Jacques et le curé y aillent. La pâture était dans la direction de l'abbaye, sur la colline, à l'opposé du champ du Prère. Le père Boual avait fait tout ce chemin, poursuivi par son fils. Ils le trouvèrent maugréant contre le bétail et tapant du bâton une bique dont les côtes rendaient un son caverneux. Le curé dut épuiser les ressources de son influence et le convainquit finalement, tout d'un coup, en lui offrant de rentrer les moutons pendant qu'il irait à la réconciliation. Spectacle risible, près de Jacques, que sa robe noire quand ils poussaient les moutons sales vers le bercail ! Dans les murailles, les femmes n'en revenaient pas de cette multiplicité d'événements. L'étable avait sa porte grande ouverte. Il fallut y pousser les bêtes inquiètes de ne pas revoir leur habituel conducteur. De la ferme ne sortait aucun bruit. Mais le curé se courba pour écouter sous la fenêtre, et un sourire éclaira son regard : « Ils se sont réconciliés, ça y est, dit-il à Jacques. Le père est en train de recommander de mettre un confit dans le four. Ils vont tous casser la croûte, et en route ! »

Le soleil baissait sur le chant des premières fauvettes, quand Jacques se trouva de nouveau devant sa table mise et son déjeuner interrompu. Il était mal à l'aise. Il tentait de se convaincre qu'il appréhendait les reproches des parents pour avoir donné vacance aux élèves. Mais il savait bien que la réconciliation des Boual serait une excuse légitime pour tous les habitants du village. Aussi dut-il s'avouer qu'il regrettait Marguerite. Marguerite. Le nom résonnait dans la salle. Un autre était entré en elle : il l'avait faite comme Jacques venait de la revoir, épanouie, vulgaire, et pleine par surcroît. Jacques la salissait de qualificatifs bestiaux. Soudain, son cœur battit plus violemment que dans ses crises habituelles. C'était à ses oreilles un bruit comme s'il se trouvait tout au creux du coquillage, qui chante un air ténu à l'exilé. Et, pour la première fois depuis son entrée au village, il s'enivra franchement, avec deux litres de vin.

XIX

Ses rapports avec la boisson devinrent capricieux : tantôt en discussion avec elle, tantôt subjugué, d'autres fois refusant même de penser à elle, quand il devait enseigner aux enfants les méfaits de l'alcoolisme. Il décrivait froidement les symptômes de la cirrhose ; cela ne le regardait nullement. Mais au beau milieu de la leçon, son cœur le pinçait. Il avait désormais bien du mal à distinguer les visions réelles de celles qui lui venaient juste avant le sommeil ; sa mère et les parrains, un colon mal vêtu d'Afrique du Sud, Marguerite Boual ; quand un bruit le faisait émerger, il ne souffrait pas d'avoir été visité de ces apparences, mais il ressentait au contraire une sorte d'exaltation, comme si sa personnalité s'en augmentait.

Avril ou mai était dehors, et une odeur pénétrante s'exhalait de la terre, chaque soir. Mais le cabinet restait enfermé en lui-même, avec sa fragrance de pommes. Jacques n'eut jamais l'idée de s'y rendre en état de sobriété. Il feuilletait les papiers d'une main à présent tremblante, après avoir bu. Quelque soin qu'il prît de se bien tenir devant le monde, il craignait de ne pouvoir dissimuler toujours son autre vie. Les coups au cœur pouvaient se supporter ; mais il ne cacherait pas un tremblement des doigts. Il s'imaginait dénoncé en chaire par le curé, tout comme, au XVIIᵉ siècle, on lisait des requêtes publiques pour vol. Alors la paroisse se lèverait contre lui ; à nouveau il partirait sur d'autres routes, trop fatigué cette fois pour porter sa vie et son bagage. D'ailleurs il ne saurait plus se passer de Malcastel ; non qu'il ait un grand amour pour ses vivants, mais il se chérissait lui-même dans ce village qui ne se souciait point d'être beau, ni même honorable.

Il étalait au contraire d'anciennes meurtrissures. Le curé d'avant la Révolution se plaignait des vignes improductives, des arbres fendus par le gel, et, sur le même ton, de l' « ignorance crasse » des jeunes gens. Certains à dix-huit ans n'avaient pu encore goûter au Christ, faute de connaître les quelques grandes vérités de notre religion. Et l'hiver atroce de 1788 attisait la haine du curé contre l'abbaye : plus que trois paires de bœufs dans tout le bourg, alors que les religieux en possédaient sept. Les tisserands avaient laissé se taire leurs métiers ; nul commerce n'avait plus lieu à Malcastel, « ni personne n'a les avances pour en faire faire ». Telle était la vie du village : toute matérielle, de l'aveu même de son pasteur. Elle n'avait pas changé de forme depuis lors. Les habitants ne connaissaient toujours pas d'autre mal que la douleur physique ou la faim : des maux de pauvres. Comme conclusion de l'affaire Boual, le père avait bien remercié Jacques, et lui avait dit :

« Je suis allé voir la Marguerite à Espalion. Elle ne manque de rien. Alors je n'ai pas de raison pour rester fâché. »

Mais Jacques n'aimait pas son village autrement que magnifié par le recul des siècles, tandis que le curé de 1788 lui était attaché dans la solidité du réel : il aurait voulu confesser, plaindre, nourrir tout le monde. Le bétail et le riz de la paroisse avaient sa sollicitude. Jacques se figurait Malcastel de ce siècle, pauvre et laid village dans la décrépitude de ses murs, qui n'étaient pas encore des ruines. La hulotte poussait son cri et perçait le silence du cabinet. Tout se mêlait dans la rêverie du maître d'école. Il sortait dans la nuit pour visiter Malcastel, des touffes de fleurs dans les pierres et, en bas, le chemin fantôme qui montait vers l'église ; village non plus saignant de mille plaies, mais atteint de l'affaiblissement de la vieillesse, et capable seulement d'engendrer le double d'un ivrogne. Jacques souriait en pensant cela. Mon Dieu ! le lycée, la maison qui allait comme elle le pouvait, l'engagement, conspiraient à ne pas faire de lui ce héros que les gens de Fontbeuve avaient salué dans la rue, les trois ans d'armée une fois écoulés. Il avait cherché à mériter cette considération ; même, les fiançailles l'avaient suffisamment occupé pour mettre un moment le frein à ses envies de boire. « J'ai un petit emploi chez Maître Ornal, petit mais plein d'espoir ; je suis fiancé à une vraie jeune fille, comme nous en convoitions de loin à quinze ans ; et ça malgré les parrains. Parce que les gens se méfient, en se rappelant la tuberculose de sa mère à elle. Comme si c'était héréditaire ! »

Telles étaient ses ruminations alors. Il avait commencé à lire Barrès et Maurras, à lire les journaux bleu horizon. Après tout, homme pour homme, il avait remplacé son père ; il avait passé, lui, trois ans sous le drapeau. Il refoulait les vieilles histoires et excusait sa mère d'avoir tant aimé les parrains. Elle vivait maintenant depuis dix ans avec le même. Dix ans, c'est un bail. Tout juste s'il n'invita point à sa noce cet agent d'assurances qui lui avait toujours montré de la bienveillance : c'était à cause de la ville, expliqua-t-il à sa mère ; et le voyant si changé, si compréhensif, sa mère lui chuchota : « Je l'aurais bien épousé, tu sais, mais c'est rapport à la pension que je perdrais. »

Une autre fois, il sortit de sa maison d'école sous un ciel glacé : la lune rousse brûlait les arbres de la Boralde, vers laquelle il se dirigea. Les ombres étaient plus noires que d'habitude, et les os de la montagne brillaient, tous dénudés, depuis peu, de leurs plaques de neige. Au milieu du chemin, sous la lune, trois traits, trois traits encore : les pattes d'un gros oiseau. Jacques s'arrêta auprès d'eux et ne les effaça point.

... J'avais cru pouvoir vivre honorable, c'était bien à tort. A quoi bon entretenir des imaginations de bonheur, quand on les voit étranglées dès le mariage par une bonne maîtresse de maison ? Elle copiait les recettes sur des fiches, et ne croyait pas que tout soit permis dans les gestes de l'amour. Moi, je n'ai même pas eu l'envie de m'en plaindre : elle correspondait parfaitement à l'idéal de la femme, en cours dans les milieux honnêtes de Fontbeuve. Mais l'inquiétude me taquinait. Enfin j'ai bu un peu trop, un soir, chez des amis. Juste assez pour penser, rencontrant le censeur du lycée et recevant son salut — son salut, et il « était au courant » ! : « Il m'honore comme il honorerait une ancienne prostituée, qui aurait renoncé au vice pour se marier. L'engagement dans l'armée m'a rendu pur. »

C'étaient les souvenirs d'un homme pauvre et veule, mais c'étaient les siens. Il les caressait comme ceux de Malcastel, et les avait pareillement apprivoisés. Ils lui revenaient sans amertume, alors que les enfants se penchaient tous vers leurs cahiers de classe, car Jacques aimait moins leur parler que naguère. Il multipliait les exercices écrits. Alors un silence bruissant de feuilles tournées et de soupirs laissait s'approcher l'autre Jacques, qui parlait bas à l'oreille du maître. Par la fenêtre, on voyait un soleil ardent cuire les prés de la Boralde. La moindre trace de la petite fille assassinée devait être effacée. Le poêle n'avait plus ses tuyaux, mais il se dressait toujours au fond de la salle et semblait un compagnon inséparable du travail. Ces petits devant moi ne savent pas que j'ai là-haut les cahiers de leurs parents et aïeux, et, plus actifs encore, les péchés de leurs ancêtres. Les minutes passaient, dans la moite odeur de l'école.

Une bonne sœur venait montrer à coudre aux filles, tandis que les garçons excités lâchaient leur menuiserie pour embrouiller ensemble les fils de deux pelotes, ou cacher une pièce d'étoffe à demi ourlée. Les jours criaient de monotonie ; on aurait voulu faire la sieste ou s'allonger dans un pré, ou bien, dans cette lumière, partir droit devant soi. Mais Jacques possédait son évasion à domicile. Heureux qu'il était, à présent que sa faiblesse ne lui permettait plus les véritables départs ! La belle-fille Barre s'apercevait bien, maintenant, que le maître ne prospérait pas. Les plus âgés des enfants aussi. Mais on attribuait sa fatigue, et même un tremblement intermittent de ses doigts, aux peines que lui causait la classe. (« Le bon de ce métier, c'est les vacances. Mais autrement on a les gosses sur le dos des heures chaque jour ; moi je n'en voudrais pas. ») Il ne se passait pas de matin sans que l'un ou l'autre des enfants, à l'entrée, glisse dans la main du maître un œuf frais ou une poignée de cerises. Et Jacques était sensible aux attentions du village, lui qui, peu de mois auparavant, les aurait jugées simplement légitimes et dues à son autorité.

Jacques lisait sur la figure de ses élèves et de leurs parents le passé de la famille inscrit, en ventes de terres, poursuites du comte et de l'évêque, fondations pieuses à la chapelle. Il ne les croyait plus attachés à la morale dispensée chaque dimanche par le curé, dans un sermon dont il avait d'ailleurs fini par connaître l'origine ancienne (l'appelant, à part lui, un sermon précuit). Leur morale à Malcastel était faite de résignation et d'indulgence envers leurs compatriotes. Ainsi la mère d'Arlette Cabantous lui conta que leur vieux voisin, homme marié, « fréquentait » une veuve d'Espalion. Et comme Jacques s'étonnait de la voir sourire, elle lui dit : « Du moment que sa femme ne sait rien, elle est bien heureuse. Elle a tout ce qu'il lui faut. Qu'est-ce que vous voulez, tous les hommes sont coureurs. » Peut-être le sien usait-il de temps à autre des facilités qu'offre la ville, où il se rendait comme militant radical-socialiste ? Elle acceptait volontiers d'en rester ignorante.

Ce n'était pas, chez qui que ce soit, l'ardeur d'un pays profondément christianisé, mais la passivité du village ballotté entre les envahisseurs, avant de pourrir à l'écart de la route. Seul restait vivant le cheval sculpté, un soir d'hiver, par l'un des fils Roques, sur un carreau de bois qui servait maintenant de dessous-de-plat à Jacques. Il lui fut offert vers la fin des classes. Le cheval frappait la terre d'un sabot, cependant que ses autres jambes s'élançaient dans un mouvement de course. La tête dressée vers le ciel, il n'était certes pas conforme, tel qu'il apparaissait, aux lois d'étude du cheval par le ralenti ; mais, tel, il avait été transmis par les siècles, depuis que les paysans creusaient le bois, les soirs d'hiver.

Les distractions se multipliaient en lui. Quand il trouvait sous sa cuillère la soupe bouillie par la belle-fille Barre (jambon effleuré de sel, haricots, pommes de terre, panais et choux entraient dans sa composition centenaire, et se grossissaient de pain coupé dans la soupière), il demeurait quelquefois en attente, comme s'il escomptait un convive. La soupière, en forme de pot de chambre, verte avec des marguerites, soufflait des fumées au plafond. Un peu de pain molli dans le bouillon y était resté. Jacques ressentait un vrai agacement en constatant que les pétales des fleurs — des marguerites sans nul doute, cependant — étaient rouges ou bleus ; et cette éraflure au bon sens lui causait autant de souffrance que la pensée de ses deux enfants, peut-être mécanicien et couturière à cette heure, et maudissant l'idée de leur père ; mais si abstraits dans son souvenir que c'était comme une histoire qu'un autre lui aurait racontée. Il se versait un verre de vin pour noyer tout cela. Bientôt il se rappelait Marguerite Boual, devant la soupière aux fleurs, et caressait celles-ci, tièdes encore et un peu grasses des émanations de la cuisine, marguerites perdues, ma Marguerite à un autre. La soupe était froide quand il entreprenait de l'avaler, sans y perdre son appétit (« Tu coûtes comme si ton père vivait encore »). Il sentait bien que l'autre verre viendrait ensuite et le pousserait dans l'escalier.

Le lendemain en classe, pendant que la petite Roques récitait, en tirant sur ses nattes et en s'appliquant à rendre sa voix atone, *Demain dès l'aube,* la distraction reprenait Jacques parce que le reflet du soleil, venu d'une vitre, le frappait à la joue. Il luttait un moment, se raccrochait aux paroles usées du poème, et la branche cassait. Il se demandait si Jeanne Roques, arrière-grand-mère de la petite, n'avait pas eu le même sens de la convention et n'avait pas, avant de fermer la dernière auberge qu'il y ait eue dans Malcastel, ennuyé les paysans, avec cette même figure brouillée d'attention. D'autres fois c'était un coin de Fontbeuve — ancienne fontaine maintenant bouchée de terre et muette — qui se surimposait à quelqu'un de ses cours. Ou rien du tout, un abîme éclatant de jaune, devant lequel Jacques avait envie de se réjouir et de s'affirmer libre, au grand étonnement des enfants qui le voyaient sourire sans raison dans sa chaire.

XX

Le garçon et la fille ont bien passé leur certificat d'études. Tout le village m'en a su gré. Ils m'ont offert de souper tantôt chez l'un, tantôt chez l'autre, « pour me refaire ». Cela ne me conviendrait guère, d'éviter ma fête maintenant presque journalière ! J'ai refusé, prétextant ma fatigue. Je n'ai pas honte, mais plutôt le sentiment d'un jeu bien conduit, comme il y a quarante ans chez le proviseur. Que me font-ils, ceux de Malcastel aujourd'hui, clairs et cernés de clair, dans la lumière que je partage avec eux ?

Pas de honte. Pas plus de honte qu'à lire avec indifférence les journaux du chef-lieu de canton où, la semaine dernière, j'accompagnais les gosses. Tandis que parqués dans une école étrangère, surveillés par d'autres, ils s'absorbaient dans la description d'une foire au village (une foire à Malcastel ! devant la croix, sur les trois mètres de terre-plein, peut-être ?), je passais devant une papeterie et lisais l'annonce d'un coup d'Etat (d'autres journaux parlaient seulement d'une grande modification du régime). Je m'étais imaginé qu'il y avait une marche à l'entrée de la boutique. En fait, le sol s'incurvait simplement sous mes pieds. Je me suis heurté bien fort par terre et me suis mis à trembler des mains, ce tremblement que la papetière aussi a pris pour une maladie honorable. Elle m'a offert de m'asseoir ; mais cette pièce en contrebas, puant le tabac gris et coupée d'un comptoir où se débitait le chewing-gum, augmentait mon écœurement. Je me suis enfui avec le journal que j'ai lu au grand air, devant l'église qui tente d'imiter l'architecture gothique. Le banc, le soleil, la promenade déserte, tout était simple. Je crois que le « coup d'Etat » aura encore de l'importance dans cinquante ans. Ce grand défilé de Paris, le régime nouveau et ce tournant, loin d'une République facile où moi, Jacques Degrès, j'ai pu dire et croire que la liberté comprenait aussi la liberté de se nier soi-même, n'aurais-je pas senti battre mon cœur à ces événements ? J'ai cru, oui, un moment, à une espèce d'enthousiasme qui se manifestait en moi. J'avais bien ressenti un besoin ardent de participation en apprenant la déclaration de guerre, en 39 : mais on avait vite fait de me refuser le droit de me battre. Et pour tout dire, mon envie elle-même n'avait pas duré. J'aimais mieux assister à la vie, parler... Mais la semaine dernière, il ne s'agissait même pas de l'émotion la plus fugitive. J'ai vite reconnu mon battement de cœur comme celui dont je souffre depuis plusieurs mois. Inchangé. Au regard de lui, la politique ne m'intéresse pas, ni aucune manifestation d'un monde reflété dans le côté logique du miroir. A quoi bon me le dissimuler ?

Les bien portants de l'intelligence m'étaient indifférents. Je connaissais leurs tromperies, contre lesquelles je m'élevais depuis l'époque de Fontbeuve.

Nul ne s'est inquiété ici. Ce qui se passait, c'étaient des affaires de Parisiens, qui n'empêchaient pas le temps d'aller. Les enfants avaient « bien su faire ». De cela, on était content. Les chats à demi sauvages de cette demi-ville promenaient, effarés, leur pelage jaune et noir dans l'animation soudaine. Les événements politiques n'avaient pas d'intérêt : les jeunes partaient bien pour l'Algérie durant leur service militaire, il y avait bien un blessé, un tué de temps à autre, mais les gens de Malcastel ne faisaient pas le branchement. Ils acceptaient ces malheurs comme une grêle, au lieu de les considérer dans leur contingence — « Pauvre, disaient-ils, que ce soit un rouge ou un blanc qui gouverne, il y a toujours eu la guerre ». Quant à moi, j'étais branché sur un passé lointain, qui correspondait à ma résurrection ici. Le coup d'Etat n'était pas à mon échelle : en passant le pont en dos d'âne jeté sur la Boralde de Combes (autant de Boraldes que de villages, ici), j'ai lancé dans l'eau mon journal. Il s'est vite figé dans une surface dormante, sous les pilotis d'une des vieilles petites maisons accroupies le long des rives.

Ma fête, ma cérémonie emplie des voix d'autrefois ! Le jour qui descend me gêne, avec sa lumière. Aussi j'attends. Je rôde dans la salle de classe maintenant déserte, je respire l'odeur du bois sur lequel les élèves ont frotté leurs papiers et soufflé de l'encre ; parfois, une épluchure de crayon est encore prise entre l'encrier et la table. Je répète les noms de ceux qui étaient assis là, en respectant leur ordre. Il m'arrive aussi de sortir leurs cahiers de l'armoire et de les feuilleter en les relisant. Je m'arrête surtout à la page de garde où l'enfant écrit son nom et l'année du travail. Tout cela dans un gouffre déjà, dans un éloignement irréversible. Je n'aimais pas ces enfants, sauf peut-être le fils de l'épicière ; j'aime leur image, et la senteur vieillotte de leurs cahiers. Et mon exaltation croît avec la nuit : encore une heure, et il faudra que je boive ; encore une demi-heure, et mes papiers s'ouvriront. Encore un quart d'heure... Enfin je me recoiffe, je me lave les mains, et, par devant moi-même, je bois.

XXI

La chaleur était tombée sur le village ; la Boralde coulait en eau mince, au milieu d'un fouillis d'herbes crû dans les interstices des pierres de son lit. Epuisé, le pré joignait d'un chaume jaune la maison d'école à la rivière. Jacques souffrait, depuis le début de la canicule, d'une soif qui l'éveillait après un cauchemar où il voyait des villages, poussés sur des collines désertiques, le regarder aveuglément. Qu'ils étaient difficiles à vivre, ces instants de quatre heures du matin, quand le foie grossit sous les doigts et que le cœur s'essouffle ! « Je m'en vais de partout. Le sang de la pauvre petite. Peut-être suis-je le seul à penser encore à elle ? Elle qui n'a même pas de meurtrier officiel... Le sang près de la Boralde ; et moi, mangé. »

Mais Jacques prenait soin d'être dévoré en pleine dignité extérieure, et n'était pas encore compromis, aux yeux du village présent, par son concubinage avec le Malcastel du passé. Cependant, le matin du 16 juillet, anniversaire maudit de son mariage, l'épicière s'étonna des yeux qu'il faisait. Mais son fils était trop jeune pour avoir une opinion sur le maître d'école.

Jacques repassa la porte de Malcastel, longea la muraille et rendit visite au curé, tel qu'il était, son filet à provisions au bras. Ce n'était point l'habitude : le curé profitait en temps ordinaire d'un certain cérémonial ; on « se mettait bien » pour le voir. Mais le soleil ardent, fécondateur de ruches et d'étables, excitait aussi l'imagination de Jacques. Sur l'esplanade poussiéreuse de la cure, l'instituteur se disait qu'il avait besoin de compagnie tout aussitôt, parce que l'angoisse du souvenir lui piétinait la tête. Il allait tel qu'il était, triste, en simple appareil de semaine, chercher l'apaisement auprès de son ami.

Jacques trouve le curé assis dans le rectangle de la fenêtre. Lui aussi a l'air plus pauvre que d'habitude ; ses mains entourent un globe céleste comme si elles s'y réchauffaient. Et c'est lui qui parle le premier.

— Je pense que je pouvais peut-être faire autre chose qu'un prêtre. Par exemple j'aimerais mieux être médecin, ou vétérinaire, parce que les animaux sont au fond du cœur des gens, dans notre pays. Ils les tiennent sales et les maltraitent, mais ils croient que les bêtes peuvent des fois rompre leurs attaches et sauter dans la campagne, la nuit, jusqu'à se transformer en monstres qui effraient les promeneurs. Barthélemy Marquès assure avoir aperçu dans la lune, le jour de Toussaint, une brebis qui l'a mené jusqu'au trou de Lazuech où un homme a péri voici deux ans.

— Vous lui avez dit qu'il était superstitieux ?

— Pour le rassurer, pour le rassurer. Au fait pourquoi les bêtes n'auraient-elles pas une part de la révélation ? Comment expliquez-vous que, le jour où la fille Boual a dépareillé son douzain, le chien de leur ferme ait disparu ?

Le silence se fait sur la question. Jacques évoque d'anciens livres de piété où le chien représente les instincts lubriques. L'odeur du champ, ce soir-là. Une vigne entoure la fenêtre de ses grappes déjà formées. Une impression de chaleur suinte des murs eux-mêmes, dans cette pièce pourtant basse et fraîche de construction. Aujourd'hui, la sécheresse doit régner jusqu'à Fontbeuve, jusqu'aux quartiers où coule la rivière. Est-ce que mes enfants y sont encore ? Si petits, quand je les ai quittés, si incertains !

— Sortons d'ici, soupire le curé· J'ai la languine.

Mal des gens du Sud-Ouest, quelque part entre le spleen et la mélancolie, la languine se soigne par les promenades et les visites aux sanctuaires. Au loin, dans la poudre du chemin, ils aperçoivent le vieux Pouget qui revient de fréquenter sa veuve d'Espalion, sans doute ; car il pénètre dans son bout de terrain pour y prendre des outils avec lesquels il regagnera Malcastel, feignant d'avoir travaillé. A l'angle profond de l'esplanade s'ouvre un trou : le trou de la pompe, disent les gens depuis quatre mois qu'on y œuvre lentement. Et cela les contrariera de voir installée la pompe, maintenant qu'ils sont habitués au va-et-vient de deux hommes avec une brouette, le samedi, pour la construire.

— Un peu chaque fois on y arrivera, dit le curé, désignant un sac qui gît près du trou. En creusant, on a trouvé des os de chrétiens. Probablement que l'ancien cimetière avait été mal nettoyé. Ça fera toujours des gens enterrés grâce à la baguette de Marquès.

— J'ai vu en Afrique des sourciers nègres se servir de la branche à deux bouts, mais je vous prie de croire, monsieur le curé, que ce n'était pas au Bon Dieu qu'ils faisaient leur prière !

— Un Bon Dieu nègre, ils en avaient un. C'est toujours de quoi prier, répond l'autre. Il regarde vaguement l'inscription sur la puissance divine qui couronne la porte de l'église. Sa tendance à l'hérésie affleure en ce jour étouffant. Ce n'est pourtant pas la première fois que Jacques la remarque : bien que le curé ignore jusqu'à l'existence d'une religion qui adore un Dieu répandu dans toute la nature, il n'est « pas trop catholique ».

Maintenant c'est lui, l'instituteur, qui parle au curé. Il évoque les morts qui sont là, ancêtres sans doute de familles encore vivantes à Malcastel et ignorés d'elles. Attention, Jacques ! Cela est encore dans la tradition de Jacques sobre, éveillé, conscient de son métier au point d'être malade de fatigue. Mais on fait tout de même appel en parlant ainsi à des connaissances défendues et nocturnes. Tiède, chaud... on brûle ! Tout brûle autour.

Dans l'église, ils admirent une fois de plus le retable en bois doré sur lequel la Vierge est enlevée par des anges. Jacques sait à tout moment du jour, désormais, que le retable a été offert par la famille noble qui régna des siècles sur Malcastel, qu'il a été enlevé au village par l'abbé de l'Albespin et repris à lui, après une lutte sauvage, par le curé de la Révolution. Il tâte les ailes d'un ange avec cette volupté des collectionneurs qui savent l'histoire d'une œuvre. Mais il se retient d'en parler au curé. Celui-ci murmure toujours : « Médecin ou vétérinaire. J'aurais mieux su m'y prendre. »

C'est alors que Jacques ne se retient plus. Il cite au curé d'autres cas de prêtres attachés à leur paroisse plus qu'à leur religion : celui notamment du hobereau qui devint curé de Combes, ce Jean de Mercier qui dédaigna la particule une fois venue la Révolution. Ce n'est pas par crainte qu'il l'abandonna, mais par amour de son peuple. Et son dévouement ne lui réussit guère : comme il avait, le premier de tous les prêtres de l'Aveyron, signé le serment à la République, il fut élevé malgré lui à la dignité épiscopale. Une biographie piquée de roux, écrite par un de ses neveux, en existe dans le cabinet aux trésors : combien d'exemplaires en dehors de celui-là ? Aucun peut-être, ou, dissimulé dans quelque grenier de notaire, un autre, débroché. Jacques était sans doute le seul à avoir lu récemment les lettres que Demercier écrivait à sa famille pour se plaindre de son haut rang, qui le forçait à vivre loin de Combes. Pourtant, s'il tenait plus à Combes qu'à la France, il tenait plus à la France qu'à Rome, et il ne se dédit pas de son serment quand il l'aurait fallu. Il vieillit destitué de sa dignité, curé obscur et gallican dans la grande absence de Paris, où on l'avait exilé...

— Vous êtes bien heureux par comparaison.

Ils sont assis devant la chapelle latérale. Le curé accorde son attention au récit de Jacques, fait à voix basse par respect du lieu, et il s'étonne de cet enthousiasme pour une vie qui n'a point été conforme aux exigences de l'Eglise. Cette vie de jacobin, en somme. Sans doute ses propres opinions ne se modèlent-elles pas toujours sur les enseignements du séminaire, mais c'est chez lui pur mouvement, et non doctrine. Il n'a pas l'esprit abstrait. Ses yeux de paysan fixent Jacques comme s'il lui proposait un mauvais marché :

— Vous vous intéressez donc tant à l'histoire du pays ?

— ... Un livre ancien m'est tombé par hasard entre les mains... Il rougit, sort bien vite de l'église. Le curé le suit du regard : qui peut, au fond, lui garantir l'instituteur de son propre village ? Un de ces hommes autour desquels on sent un vide, au lieu du halo que dessinent des actes connus depuis la naissance, une famille, une vocation.

L'enceinte de Malcastel renferme des cris et des pas précipités, à cette heure où les gens devraient déjeuner lourdement, avant la sieste. Le village fermente. Soudain, il en jaillit un gamin qui accourt vers la cure et se heurte à Jacques. C'est le fils Druhles :

— Je vais chercher le curé, parce que la femme du Pouget a le diable au corps. Elle lance tout ce qu'il y a dans la maison sur son mari qu'elle a mis à la porte, et elle l'appelle vieux cochon.

Jacques éclate de rire, au nez du gamin stupéfait, et continue sa route sans entrer dans le village. La voix aigre de la Pougette le poursuit longtemps. Il monte au cabinet. L'odeur de pommes s'y est atténuée ; un autre Jacques en est sorti, et il a grignoté l'instituteur, le vendeur de monnaies sûres. La tête dans ses mains, il tente de se ressaisir. Ne pas boire ce soir. Si le curé me découvre, quelle aide puis-je espérer, quel endroit tranquille pour mourir un peu autrement qu'une bête ?

Ne pas boire ? Il y parvient. Mais son cœur s'insurge et bat plus fort que jamais. Le maître d'école étouffe. A l'heure où d'ordinaire, après un tête à tête avec la soupière, il s'enferme avec Malcastel, il sort et il remonte à l'esplanade de l'église. Le curé ne quitte pas sa cuisine après l'angélus : Jacques sera seul. Le soir d'été ne connaît pas le répit, mais souffle la chaleur de la terre. Et, les oreilles sifflantes du sang de ses artères, pâle d'avoir monté le chemin, Jacques regarde le pays dans lequel il sait désormais qu'il ne vivra plus guère : soit la mort, soit la fuite.

A sa gauche, l'air poudroie sur la pauvre enceinte qui enclôt son village. Il la regarde avec douceur : une vieille épouse, au déclin d'une vie d'amertume. A droite, la grange des Verghnes, dont il sait aussi l'histoire : une haute bâtisse en pierre dans laquelle, un matin, fut trouvé mort un inconnu. Un inconnu mort ici, de fatigue sans doute, de faim, ou de recherche. Plus bas, près des Boraldes, des enfants jouent. Il distingue la voix du fils de la boutiquière, qui lui a remis le mois dernier un cahier enfin à jour. Mon propre cahier, j'aurai maintenant du mal à le mettre à jour ; trop de ratures, et une main impérieuse a écrit au-dessous ce qu'il fallait savoir. Contre elle je ne peux plus grand-chose. J'ai quitté la maison de Fontbeuve, par ennui, c'est vrai. Mais la figure de Colette, cette figure d'animal aux pommettes saillantes, à l'air traqué, elle se dresse aussi bien sur Malcastel, la figure de ma femme. Et mon départ est mauvais à cause d'elle. Je n'avais pas le droit de m'en aller. Sa mère, morte tuberculeuse. Et l'on chuchotait déjà sur notre passage, ce 16 juillet, jour de nos noces.

Il ne fait pas bon ne plus boire. Tant pis : à celle qui m'attrapera le plus vite, mort ou trahison. Courbant le dos, il descend jusqu'à la maison d'école où l'attendent le vin, le cabinet, la solitude.

XXII

Dans sa lucidité nouvelle, Jacques ne se faisait plus guère d'illusions sur la bonté des paysans. Les dernières devaient se dissiper lors de la mort de la vieille Gaillarde Testu, qui habitait dans un trou de maison placé en viager. Ce nom de Gaillarde était héréditaire dans la famille. Jacques savait maintenant qu'il était porté depuis le XIIIe siècle par les Testu femelles. Mais il n'appartiendrait plus désormais à personne : la vieille Gaillarde était la dernière des siens, veuve depuis longtemps, ayant perdu sa fille qui n'avait point laissé de descendance. Elle ne comptait plus dans la famille que des cousins éloignés, les Boual, les Peyres, et les Verghnes.

Ce fut la mère Verghnes qui s'aperçut de la mort, et qui, dans son désarroi, courut chercher les autorités : Jacques et le curé. Elle en avait eu peur, de ce cadavre tout seul dans le jour de la chambre, avec le bruit, dehors, des frelons qui avaient fait leur nid dans un angle de la fenêtre. Lorsque le monde fut rassemblé autour du lit, elle se calma et regretta incontinent de l'avoir attiré. Car elle avait été la seule à soigner Gaillarde dans une maladie qu'elle avait faite à l'entrée du printemps. Et elle jugeait infiniment juste que la majeure part de l'héritage lui revînt. La maison et le jardin, c'est entendu, étaient en viager ; mais les draps ne manquaient pas dans les armoires, ni la vaisselle dans le buffet. Elle aurait pu en emporter furtivement avant de répandre le bruit de cette mort. N'aurait-il pas suffi que les meubles, eux, massifs et immobiles, restent en héritage à tous les membres de la famille ? Ou bien, il y avait peut-être un testament. Gaillarde lui en avait presque parlé au cours de sa dernière maladie, d'un testament.

Ces préoccupations n'étaient pas particulières à la mère Verghnes. Jacques, debout dans le soir qui pénétrait la chambre des rayons obliques du soleil, fut forcé de remarquer combien les yeux des héritiers couraient activement sur les meubles et les provisions de la chambre. Car la vieille avait coutume de mettre sécher dans cette chambre les jambons, les grappes d'ails et d'oignons, le lard fumé pendu à un croc. Maintenant le curé allait rester en prières toute la nuit, comme il avait coutume de le faire à la mort d'un de ses paroissiens ; les héritiers, dont le nombre s'accroissait d'heure en heure (on était allé prévenir dans les champs des hommes au travail, et, à la ville, la fille Boual, qui exhibait maintenant sa grossesse), regrettaient de ne pouvoir décemment fouiller la maison. Ce regret était peint sur leur figure, où Jacques le lisait. Il jugeait désormais les autres, comme il se jugeait lui-même.

Il ne croyait plus en sa propre dignité, ayant revécu toutes les étapes qu'il avait parcourues dans les cafés de Fontbeuve, avant de quitter sa famille pour aller chercher du travail en Afrique. Il ne croyait guère non plus en la dignité d'une famille dont il était le si détestable chef ; sa femme en proie à des crises de nervosité qui la faisaient parler des heures durant, trois fausses couches avant d'avoir les jumeaux. Et ceux-ci, qu'avaient accueillis dans l'existence des amertumes longuement entretenues entre leurs parents ? Il pensait à eux avec haine, à la fin. Quelque part dans le monde, ils témoignaient contre lui. Ah ! ce n'était plus la belle épitaphe qu'il s'était efforcé d'inscrire sur son tombeau — père, époux, éducateur. Il se chuchotait chaque jour de quoi effacer lettre à lettre l'épitaphe. Il substituait aussi au village idéal ce Malcastel qu'il aimait avec douleur, dans ses imperfections et sa dureté.

Et si le maître d'école regardait avec tristesse la taille épaissie de la fille Boual, sa tristesse ne venait point de ce qu'elle avait conçu hors mariage ; c'est qu'elle avait perdu sa rondeur, objet d'un désir. Tous ces gens avides, autour de la morte, lui faisaient un peu peur. Il partit vers huit heures du soir et s'enferma dans son cabinet, remuant des papiers désormais familiers. Les enfants n'interrompaient plus ses découvertes ; à peine s'il les rencontrait en ce début des vacances, sentant le foin et l'eau des Boraldes. Aussi les habitants de Malcastel s'ébahissaient à le voir de plus en plus fatigué. L'année sans doute, se disaient-ils, avait été plus dure encore pour le maître qu'ils ne pouvaient se le figurer ? Trop de mal à rattraper les enfants laissés plus d'un mois sans école. Ou bien ça lui venait d'être resté l'an passé dans ce trou au fond du mur. Vous vous rappelez comme il faisait froid déjà ? Et Jacques vivait en eux : mais c'était par sa fausse image d'homme qui s'est donné bien du mal.

C'est la mère Verghnes qui conduisait l'enterrement. Elle avait exigé cette place, pour mieux marquer le rôle qu'elle avait joué dans la vie de Gaillarde ; et de l'autre côté, du côté des hommes, elle avait posté en première place son mari Alexandre, qui étouffait dans un col raide. Aucun testament n'avait été retrouvé, quoique les héritiers eussent fouillé partout la veille, pendant la messe matinale du curé. Les Boual et les Peyres n'étaient pas fâchés de l'aubaine qui leur survenait, avec ces meubles et ces nippes. La mère Verghnes était colère, soupçonnant les autres, en son cœur, d'avoir fait disparaître le testament. Elle avait eu beau les surveiller, elle n'avait pu se trouver auprès de tous à la fois. La vieille Gaillarde, dans son cercueil placé au milieu de l'église — il occupait un renfoncement creusé par la succession des tréteaux à cercueils —, bénéficiait de cette concentration de sentiments. Un autre que Jacques aurait pu croire qu'elle était regrettée. Mais il n'en était plus à se fier au recueillement des gens : s'ils se tenaient, c'était par habitude. Il se rappelait combien, aux temps passés, avaient gardé pour eux le trésor déterré par leur porc dans le champ d'un autre.

Vint ensuite la réunion des funérailles. Les héritiers l'avaient prévue sans faste. Après tout, la maison, placée en viager, ne leur revenait pas. Aussi Jacques et le curé y assistèrent-ils seuls, outre la famille. Une table attendait dans l'ancienne chambre de Gaillarde. Les héritiers, enfin réunis dans le soulagement d'obsèques consommées, se regardaient sans tendresse. Alexandre et la mère Verghnes présidaient, près d'une table de nuit à modèle antique, seul vestige du mobilier ancien: car on avait transporté ailleurs le lit et l'armoire, après les avoir dûment fouillés. Le repas s'avançait ; les héritiers fort gais et oubliant Gaillarde faisaient à la fille Boual les plaisanteries d'usage sur son état. La mère Verghnes elle-même commençait à sourire. Alexandre avait déboutonné son col. Comme on en venait à parler avec franchise du testament, il déclara au milieu d'un rire général, en désignant la table de nuit : « Moi, je vous dis qu'il est là-dedans », et il ouvrit le meuble pour laisser voir un récipient utile, mais fêlé. On avait aussi fouillé la table de nuit, pardi !, et sans rien trouver de plus qu'ailleurs. Jacques souffrait de la chaleur déversée sur lui par les fentes des volets fermés. Il distinguait, dans l'intervalle des rires, le bombillement des bourdons autour de leur nid. Il ne savait plus s'il était écœuré par le temps, ou par les familles réunies autour de lui. Alexandre, poursuivant le jeu, ouvrit le tiroir de la petite table. Il en exhuma au milieu des cris de joie un demi-peigne, un collier quasi veuf de ses fausses perles, un dentier. Il finit par tirer complètement le tiroir pour le tourner vers les assistants. Alors on vit, collé par Dieu sait quelle ancienne coulure de sirop sur l'arrière du tiroir, un papier plié en quatre, dont les bords s'étaient éraillés.

On se taisait. Chacun savait, avant même qu'Alexandre eût décollé la feuille, qu'elle portait ce fameux testament, partout cherché. La mère Verghnes était heureuse. Elle voulut pour plus de solennité que le curé déplie en personne le papier et le lise. La chaleur croissait, exaltée par l'attente générale. Et le curé lut lentement : « Je lègue tous mes biens à ma petite-cousine Pauline Boual, que j'ai tenue sur les fonts, sauf pourtant le vaisselier, que je donne à mon neveu Martin Peyres. » C'était en bonne forme, daté, paraphé, le double déposé chez un notaire d'Espalion. La digestion de la nouvelle prit du temps. Les bourdons, derrière les volets, se démenaient plus que jamais. Jacques sentait un pincement à droite sous ses côtes. Dans la torpeur, on entendit soudain le bruit sec et clair de deux gifles que la mère Verghnes appliquait à son Alexandre.

XXIII

Les enfants manquaient décidément à Jacques : les plus insouciants même, ou les plus marqués par le dossier de là-haut, sans parler du fils de l'épicière. Ils étaient son frein ; journellement, ils obligeaient leur maître à prôner les principes en quoi il croyait de moins en moins, à rester correct de pensée et de langage. Désormais, ils jouaient ou aidaient leurs parents, sans guère se soucier de lui. Quand on le leur ordonnait seulement, ils portaient, selon l'usage, des œufs ou des fruits à la maison d'école. Des fruits surtout : il y en avait tant que les paysans les laissaient périr plutôt que de les vendre à un prix ridicule. Lorsqu'il les mangeait dans la nuit d'août, Jacques se comparait à l'un de ces fruits cueillis au hasard de l'arbre. Nulle société pour lui : les veillées avaient cessé aux premiers longs jours, et il ne se rendait plus souvent chez le curé.

Ceux de Malcastel le regardaient à présent comme un homme très dangereusement malade ; mais il ne le savait pas. S'entretenant avec sa propre vie et le vieil esprit du village, il était riche et puissant, d'une certaine manière. Il sentait mal lui-même les progrès de sa décadence.

Enfin, il se manifesta clairement au village tout entier. Jacques se trouvait à l'épicerie quand un bruit de dispute attira le monde sur la place, où le mari de Marguerite Boual avait rencontré la vieille Verghnes comme cela, par hasard, en se rendant chez ses beaux-parents avec sa femme. Elle, énorme maintenant, le visage cotonneux des femmes enceintes, s'était assise sur un rebord du socle qui portait la Croix et ses ornements. Elle ne disait rien. Elle laissait son mari reprocher à la vieille d'avoir pris dans la maison de Gaillarde, avant que les scellés y soient apposés, un panier et deux poules. Pour l'autre, elle énumérait en levant ses bras tous les soins qu'elle avait dispensés à Gaillarde ; mais elle sortait évidemment de la question, et elle se faisait traiter de voleuse. Ceux de Malcastel se groupaient autour d'eux. C'était justement la sortie d'une messe du bout de l'an, à laquelle chaque famille ne peut se dispenser d'envoyer un de ses membres. Alors Jacques se présenta devant tout le monde, en face du beau-fils Boual, pour lui dire bien posément qu'il avait tort d'accuser les autres de larcin quand la fortune de sa femme était de si mauvaise origine. Jacques la regardait, cette femme déformée, hideuse, qui ne pouvait plus être le support de sa joie. L'air net du matin accusait encore ses contours.

— Sous Napoléon (il n'y a même pas cent cinquante ans, après tout), les levées d'hommes, expliquait-il de sa voix d'instituteur, se faisaient de plus en plus impérieuses. Les Lavergne habitaient Malcastel. C'est la même famille qui tient maintenant une petite quincaillerie à Espalion. Voilà le fils Lavergne tirant un mauvais numéro à la conscription et, comme il était fils unique, il peut s'acheter un remplaçant chez les Boual, qui étaient chargés de famille : il l'achète avec le champ de la Prère le long des Boraldes, un beau champ gras, que vous connaissez, que votre beau-père va visiter chaque jour, et qui est en fait le prix du sang. Les Lavergne n'avaient que lui et des vignes ; mais pour sauver un fils unique, qu'est-ce qu'on ne ferait pas ! Et à la place, le Barthélemy Boual partit. Mais après avoir marché vingt kilomètres, il réfléchit que ce voyage offrait bien des dangers. On était en 1813 : beaucoup partaient, peu revenaient. C'est pourquoi il échappa à l'escorte des soldats qui menaient les nouveaux au régiment, et il s'enfonça dans les bois de Laguiole qui étaient, qui sont encore, touffus et pratiqués des seuls habitants du pays ou des grands chasseurs.

Il a vécu là deux ans, se cachant dans les cabanes des bûcherons, leur demandant à manger et n'osant paraître à Malcastel, où il savait bien qu'on le recherchait. En effet, la gendarmerie était bien venue quatre ou cinq fois jusqu'au fort : on avait envoyé des hommes de Rodez pour être plus sûr que, venant de si loin, ils ne seraient pas complaisants. Et le sergent qui les commandait présentait chaque fois une grosse note au trésorier, parce que les cabarets de tous les villages entre Rodez et Malcastel avaient reçu la troupe. Les rebelles coûtaient en vin. D'autant plus que l'un s'était fait prendre dans la région, et que les gendarmes n'avaient pas manqué de lui donner à boire à lui aussi, dès le départ de Recoules où il vivait. On n'avait pas de nouvelle de Barthélemy Boual.

— Et alors, dit le beau-fils Boual, qu'est-ce que vous y trouvez à redire ? Est-ce que le fils des Lavergne est quand même resté à Malcastel, oui ou non ?

— Oui. C'est juste le raisonnement qu'ont tenu les Boual, quand, après la chute de l'Empire, Barthélemy a pu revenir chez lui, et que les Lavergne ont voulu reprendre leur champ. Le marché avait été rempli. D'ailleurs, comme les anciens réfractaires étaient plutôt bien vus par le roi, les Lavergne n'ont pas osé essayer d'un procès. Le notaire de Saint-Côme le leur a déconseillé : les gens de Malcastel et de Laguiole se seraient fait tuer plutôt que de se dire au courant de l'affaire. Et les Boual étaient devenus riches. Le grand champ rapporte, vous pouvez le dire mieux que moi. Plusieurs des filles s'étaient bien mariées. Les Lavergne s'appauvrissaient pendant ce temps. Même, ils allaient jusqu'à planter des pommes de terre pour les manger, dans un moment où tout le monde les donnait aux cochons. En 1817 enfin, l'année de la grande famine, les gens de Malcastel durent bien se résigner à s'en nourrir, sauf justement les Boual, les seuls qui n'ont jamais manqué de pain.

Barthélemy Boual a fini par s'établir dans la maison où vit votre beau-père. Son premier souci a naturellement été d'acheter pour pas cher toutes les vignes des Lavergne. Il était gêné de les voir, depuis son retour au village, et il voulait respirer. Les autres sont partis s'installer à Saint-Côme où il y avait alors des mines, et puis à Espalion où ils vivent toujours comme ils peuvent. Eh bien, vous direz ce que vous voudrez, c'est une espèce de vol qu'il a fait, Barthélemy Boual qui a fait construire le premier caveau du cimetière, le caveau des Boual, le vôtre !

Jacques s'était animé, heureux de s'exposer enfin aux autres, et prenant même leur accent pour être mieux entendu d'eux. Ils étaient restés là autour de lui, sans rien dire : n'avaient-ils pas le goût des belles histoires et du théâtre, eux dont les ancêtres s'étaient souvent réunis autour des chanteurs qui parcouraient la route des pèlerinages? Mais le fils de l'épicière s'était, dès les premières phrases, glissé hors du fort. Il ramena le curé peu avant la fin du discours du maître. Le maître, l'instituteur des paysans, est parvenu à leur enseigner l'histoire de leur terre, mais non tout à fait comme ils le désiraient... Ils éclatent maintenant en murmures ; le beau-fils Boual avance d'un pas, criant qu'un étranger au pays n'a pas à raconter des mensonges sur les familles, s'il tient à sa peau. C'est la guerre. Le curé le retient de justesse : « Laissez-le aller, il est un vieil homme malade, on ne peut pas le battre et pour quoi faire l'injurier ? »

C'était la première fois qu'on parlait ainsi de Jacques en sa présence ; ce lui fut une révélation sur lui-même. Il passa la porte du fort, se voûtant plus que de coutume, car le malheur avait bien sauté sur lui. Son excitation était tombée. Sur le mur dégradé, son ombre se projetait au soleil du matin, et la lourdeur des murailles rejoignait en lui des souvenirs pesants, Marguerite et sa mère, Fontbeuve et Casablanca. Il courait se réfugier près de son verre et de ses papiers.

Les gens de Malcastel restèrent dépités de la scène ou plutôt, pour parler comme dans le pays : ils en restèrent mauvais. Certainement l'histoire était trop vieille pour être prise en considération. Du temps où l'on ne mangeait pas de pommes de terre, les Boual et les Lavergne pouvaient bien avoir fait ce qu'ils voulaient. Pourtant, la fille Boual évitait désormais de passer à Espalion, devant la vitrine poudreuse où la famille jadis rivale de la sienne exposait des lames de couteau, des fers de bêche et de pauvres limes offertes sur un carton. Quant aux habitants du village, ils se rappelaient comment Barthélemy Boual avait acquis sa fortune, toutes les fois qu'ils se rendaient au cimetière ou qu'ils côtoyaient le champ de la Prère. Aussi une pétition signée des Boual et de leurs alliés fut-elle expédiée à l'inspecteur primaire. Mais elle était rédigée en termes obscurs et parvint à un secrétaire qui avait appris au lycée le proverbe — « De Malcastel ne vient que male gent et male bête. » C'est pourquoi elle fut jetée à la corbeille.

Il est vrai, les Boual n'avaient pas seulement des amis dans le village. L'instituteur aurait pu se concilier le clan adverse : est-ce que la vieille Verghnes n'avait pas fait les premiers pas, en contraignant Alexandre à revêtir sa chemise à col dur, pour porter au maître une des conserves de foie d'oie que chaque famille garde d'une année à l'autre ? Mais lorsque Alexandre eut longtemps frappé à la porte de la maison d'école, il vit Jacques s'avancer péniblement à travers les épis de maïs d'un champ voisin et sut que sa mission n'était pas celle qu'il fallait. Jacques déclara en effet qu'il ne méritait aucun don. « Et si vous ne le prenez pas, que dira la femme ? » Ils étaient conscients de leur faiblesse : aussi la boîte fut-elle acceptée. Mais à travers même le compte rendu inexact que lui fit Alexandre de sa visite, la vieille Verghnes comprit qu'il ne fallait pas voir dans le maître un auxiliaire pour sa lutte, et elle maugréa contre l'impotence des hommes.

Seul, retiré en lui-même depuis la scène au village, osant à peine s'y approvisionner aux heures honteuses, quand tous les autres mangent, le maître était occupé à une lutte bien différente. Il ressentait souvent ce pincement au côté dont il ne se dissimulait pas l'origine. Son organisme cherchait la démission. Dans la solitude de la maison d'école, le maître entendait battre inégalement son cœur. C'était vrai qu'il était un vieil homme. Sans doute essayait-il de raisonner, d'attendre, le plus longtemps possible, devant la bouteille, à présent témoin et tentateur permanent sur la table. S'il pouvait retrouver celui qu'il avait voulu être tant d'années durant, même à l'étranger, même dans les plus humiliantes circonstances !

Mais au moment où il décomptait ses longues errances à la recherche d'une dignité, il parlait, l'Autre, en lui : « Tu devrais plutôt te rappeler comment tu as été une fois de plus mis au ban de la société, dans cette île du Pacifique où tu étais conducteur de travaux, et où les ouvriers et les paysans étaient vêtus de complets durant leur travail, syndiqués, organisés. Tu t'es dit : Pourquoi suis-je allé au bout du monde pour retrouver en caricature mon sort de Fontbeuve ? Tu t'es dit, malgré tous tes efforts, tu t'es dit Comment la vie en vaudrait-elle la peine, si je dois ressembler à tout le monde, après avoir eu tant de tristesse ? Et tu t'es soûlé. Ni père, ni clochard, médiocre, médiocre, tu as menti à ta propre vie, tu es devenu l'imposteur. »

Et Jacques buvait alors un verre de vin, se sentait mieux, montant vers son tas de papiers, et connaissait le bonheur. Ou bien il descendait à travers champs à la Boralde et il s'attardait près de son cours. Les arbres tremblaient ; leur image aussi, doublement, à cause du mouvement de l'eau. Jacques voyait avec une volupté souffrante son village se dépeupler, les habitants s'enfuir l'un après l'autre pour construire des chemins de fer dans tout l'Aveyron, puis s'enhardir vers Paris et s'y fixer. Le chanvre et le lin disparaissaient de la terre de Malcastel ; le dernier tisserand partait, ne pouvant trouver de quoi faire aller sa navette.

Cela dura tout l'été, que Jacques vécut avec

l'Autre, lui cédant peu à peu le terrain. Ceux de Malcastel ne lui offraient plus de cadeaux, et le comparaient entre eux à l'ancien instituteur qui courait les maisons pour en tirer un inexplicable profit. Celui-là était venu on ne sait d'où, s'était installé quand même d'une drôle de manière... Enfin, on n'avait pas de chance. Mais le temps et l'audace manquaient aux parents pour blâmer le maître en plein visage. Quant aux enfants, ils l'avaient tout simplement oublié. L'église cachait Jacques au fond d'un de ses arcs brisés quand il assistait à la messe première, celle des pauvres. Et puis il ne s'y rendit même plus. Sa détresse était plus grande que Dieu. Des orages s'installèrent. Les uns, légers, faisaient le tour de la montagne et n'en finissaient pas d'éclater. D'autres descendaient massivement, et il ventait à arracher les toits, à ruiner un peu plus encore l'enceinte d'où sortaient les cris des marmots. On trouva souvent en ce temps le curé à genoux devant le retable ; tous se disaient qu'il avait bien raison de faire ce qu'il pouvait en priant pour les vignes. Mais devant la Vierge muette, le curé ne priait que pour Jacques, anxieux de cet homme dont les changements si rapides étaient sans doute imputables à quelque vice. La dernière fois qu'il était sorti de l'église, sa démarche même paraissait mal assurée... Pourtant, n'était-il pas instruit, et capable d'amour pour les autres ? Jamais plus, maintenant, il ne montait vers la cure... Et son ancien ami n'osait descendre à lui. Malcastel veillait sur ces élans.

Seul, le fils de l'épicière témoignait à Jacques

un attachement plus présent. Il lui offrait ses découvertes : un beau caillou lavé par la Boralde, une des dernières pêches tombées de l'arbre, et, quelquefois, des flocons de laine abandonnés aux épines par les brebis. Quand un événement marquant se déroulait au village, il lui arriva de tendre la main à Jacques pour l'y conduire. C'est ainsi qu'il lui montra Malcastel en ce jour de la fin août où toutes les femmes fabriquent ensemble de la conserve de tomates, dans un tourbillon d'odeurs et de mouches, toutes portes ouvertes. Et l'on disait bonjour à tous deux, par la grâce de l'enfant.

Il buvait de plus en plus. Il ne reconnaissait désormais ni son ancien désir d'autorité, ni sa puissance de mensonge. Il valait mieux en ivrogne qu'en honnête homme.

Enfin vint un de ces premiers jours de septembre où les nuages répandent par places, sur la terre, une fraîcheur annonciatrice de l'automne. Jacques se vainquit assez pour réaliser son rêve. Il dit au fils de l'épicière : « Ecoute, c'est moi qui ai pris ton cahier. Je l'ai brûlé dans le poêle. C'est à cause de moi que tu as passé des soirées entières à copier. » L'enfant mit quelque temps à comprendre, sous la lumière crue de la suspension, pendant que Jacques regardait anxieusement ses yeux. Il partit tout indigné, comme il était juste. Et Jacques resta seul. Mais pour une fois, il avait révélé à un autre la vérité de sa conduite : aussi lui arriva-t-il de rire en lisant, avec une avidité nouvelle, le nom de toutes les familles qui étaient dans ses papiers. Il se portait de plus en plus mal, et ne montait plus vers l'Aubrac.

Deux jours avant la rentrée, comme il se tenait dans la cuisine — et il était plus solitaire que jamais, parce que, la veille, il avait cru ne pas arriver à monter l'escalier qui menait au cabinet —, il vit la porte s'ouvrir vis-à-vis de lui sans qu'on eût frappé. C'était l'enfant. Il était rouge comme s'il accomplissait une action mauvaise ; s'étant avancé, il tendit à Jacques d'un geste gauche un panier de champignons : les premiers cèpes des bois noirs, maladroitement couchés sur des feuilles. Ils sentaient si bon qu'ils étaient à Jacques comme une promenade dans ces bois où il savait bien qu'il ne repartirait pas. Et le maître, ne sachant pas mieux exprimer son émotion que le fils de l'épicière, passa la main sur la tête hirsute, aux cheveux mêlés d'aiguilles de sapin.

XXIV

La rentrée prit cette année-là une drôle d'allure, dans Malcastel où elle avait eu jusqu'alors, au début d'octobre, le caractère fatal des retours de saison. Si les gens accusaient Jacques, ils en rendaient aussi sourdement responsables « ceux de là-haut », métaphore séculaire qui désigne les Parisiens. Car l'école en septembre perdait le goût des châtaignes tombées sur le sol, des noix juste gaulées, des feux de bûches devant lesquels on met sécher les souliers des enfants jusqu'à ce qu'ils commencent à se racornir, exhalant une odeur qui pique d'abord la langue.

Quoique non exprimée, cette réprobation contre les Parisiens canalisait les reproches. Jamais les gens ne les tournaient contre le maître. Les seuls irréductibles étaient les Boual : ils avaient perdu la fierté de leur caveau de famille. Aussi envoyaient-ils leur fils dernier, naguère élève de Jacques, chez les Frères du chef-lieu de canton. Six kilomètres aller, six kilomètres retour ; douze, que les Boual mettaient chaque jour au débit de l'instituteur, sans compter que le petit devait emporter son casse-croûte au lieu de rentrer les midis. Lorsque le dimanche, assemblée autour de la table, la famille entière chantait pouille, un convive se taisait pourtant, et ce convive était Marguerite Boual. Elle avait accouché le 8 septembre d'une grosse fille. Parce que ce jour était fête de la Vierge, on avait nommé le bébé Marie, mais le père, si touchante que fût cette circonstance, n'était pas trop content d'avoir fait une fille. On disait dans le pays qu'enfant femelle était manque de force virile, tellement qu'il devait entendre des plaisanteries sur sa défaillance (« Si c'était comme ça quand vous vous fréquentiez, alors maintenant dans le mariage, tu en auras des filles, rien que des filles, plantées de filles ! »). Quant à Marguerite, une juste connaissance de la physiologie n'était point son apanage : elle aussi se dépitait, mais en secret ; un sentiment poussait l'autre, et elle se prenait à songer à Jacques. N'avait-il pas plaisir à la voir, avant qu'elle ne soit déformée ?

L'école avait vu revenir, le petit Georges excepté, tous les enfants du village. Six kilomètres jusqu'à Combes, ce n'était pas le plan ! Mais on sentait le changement. Des capucines s'épanouissaient bien dans les plates-bandes, le poêle se dressait bien comme toujours au fond de la classe ; le sentiment n'y était plus. Nourri de tous les papiers de Malcastel, le maître se rappelait devant chaque gamin la malédiction dont il était chargé, plus certainement que du péché originel. Car les papiers de Malcastel enregistraient fort peu de vertus. La vertu reste sans histoire, étant chez la plupart des gens si médiocre qu'elle ne saurait les pousser à des actions remarquables. Tandis que le grand-père de cette petite a battu sa femme au sang ; qu'un ancêtre de cette autre (la voici enchifrenée, mais sans mouchoir, au premier rang) s'est mis vers 1450 à la tête d'une compagnie de brigands et a pillé sans vergogne son propre village.

Des écoliers à grosse voix pourrie d'accent ne devaient sans doute rien évoquer de tel. Ne se lavant que tous les samedis, ils sentent l'étable à mesure que s'avance la semaine. Les filles les plus âgées sont déjà enfants, non encore de Marie, mais de saint Antoine (le grade en dessous), et elles portent bandoulière verte et blanche à la messe, la dissimulant dans leur cartable en semaine, pour faire envie aux petites. Ce sont là de rassurants indices sociaux. Mais aussi croyez-vous facile, au milieu des cris du passé, de faire cours sur le décagramme et la morale courante ? Et la morale... Cette charge dont Jacques assumait naguère la responsabilité avec allégresse, elle l'embrouille, elle l'étourdit. Chaque petit visage devant lui se cache derrière d'autres visages. Doit-on célébrer les morts pour cela seul qu'ils sont morts ? Parfois ils marchent, tenaces et chargés de fautes, sur les vivants.

Le silence, Jacques ne l'a pas trop : les enfants s'autorisent de l'inimitié des parents. Et le maître supporte de moins en moins facilement ces brusques cris étouffés derrière la main, ces sifflements qui partent du côté des garçons pendant qu'il écrit au tableau. S'il se retourne, la classe prend un air innocent, l'air d'une bonne petite classe. Quant aux filles, elles rient sournoisement, plus détestables encore... Mais au moment de perdre patience, Jacques évite la vue de ces enfants-là pour regarder le fils de l'épicière. Sa tête, penchée sur un cahier qui ne se perdra point, ou droite, attentive, est la seule aimée de Jacques, la seule pure de toute faute. L'instituteur est content de n'avoir pas à reprendre en cet enfant des péchés d'héritage. Il s'apaise.

Le vin ne quitte plus la table de la cuisine. Toujours la même bouteille. Jacques tire au tonneau, s'étant fatigué de promener des litres du village à la maison d'école. La bouteille a jadis contenu de l'alcool de prune, fabriqué hors la loi par les paysans. Elle a gardé de cette destination une étiquette semblable à celle que les écoliers utilisaient il y a quelques années ; sur elle, une main malhabile a écrit « Prune 45 ». Elle fascine le maître ; il reconnaît la bordure bleue de l'étiquette, les jambages de l'écriture, comme un thème magique. A cette évocation, le vieux cœur finit par supporter la gravure aux violentes couleurs du toucan punaisé dans le fond de la classe, et les seize élèves de l'année, représentant onze familles impitoyablement identifiées, là-haut, dans le cabinet.

Dégoûts, retours à soi, regards sur l'innocence de l'enfant, cela se prolonge, d'interminables journées.

Vint le jour que le fils de l'épicière fut retenu chez lui par sa mère. C'était la tradition ; il gardait la boutique pendant que sa mère cuisait les confitures d'hiver. Elle s'adonnait à cette occupation le mardi, jour creux pour son commerce, et nulle puissance temporelle ou spirituelle n'aurait pu l'amener à varier. C'est en vain que l'institutrice et le curé lui avaient fait leurs représentations, dès la première année d'école de son fils. On pouvait bien la laisser faire, pour un jour dans l'année. Elle redisait ses arguments à grande voix, par la porte ouverte, s'adressant plus à elle-même qu'à son fils installé derrière le comptoir. Et le petit n'était pas bien à son aise de manquer l'école, lui qui, les cinq années précédentes, aurait supplié sa mère de prolonger la fabrication des confitures.

C'est dans une écœurante odeur de recuit qu'il apprit, le soir, en servant du chewing-gum à ses camarades, le scandale qui avait éclaté. L'instituteur avait giflé Pauline Desclois. Elle mettait déjà du rouge à lèvres, mais elle avait retrouvé tous les sanglots de l'enfance, une fois reçue la gifle. Accroupie sur son banc, hurlante, dépeignée, hoquetante ! Une comédie ! Un cinéma ! Enfin, elle s'était ruée dehors pour rejoindre la ferme de la famille — une ferme jusqu'alors ennemie des Boual ; et la classe s'était terminée dans la sagesse inusitée des élèves. Ils sentaient bien que l'instituteur était condamné, pour cette fois.

Jacques avait été libéré par l'absence du fils de l'épicière. Le maître avait bu au repas une pleine bouteille. Quand il avait vu la petite Desclois ôter, pour passer le temps, un bas, sous la table, il avait voulu crier contre elle une bonne fois et s'était avancé dans la rangée qui séparait les filles des garçons. Le rouge à lèvres criard, mal étalé sur cette bouche qu'il débordait inégalement, l'avait fasciné, comme le fascinait l'étiquette de la bouteille. Il s'était avancé encore. Sa main était partie toute seule : en réalité, non tant sur le museau maigre de la petite Desclois que sur la trogne épaisse et insolente de Thibaud Desclois, qui, voici trois siècles, avait opprimé de sa richesse les paysans ses voisins, et avait fini tué sur le foin d'une meule, sans qu'on pût jamais découvrir l'assassin. L'enfant avait servi d'intermédiaire.

Si bien que le village n'eut pas tort, en fin de compte, de prendre la gifle pour lui. Obscurément, il se sentait tout remué, un peu comme si la terre avait tremblé. Choc sourd du cheval cabré sur la colline, bouleversement en kaléidoscope des couleurs les plus sanglantes, évocation des ombres. De telles cérémonies ne vont point sans le sacrifice de l'officiant. Demeuré seul, Jacques le comprit enfin : il n'avait plus sa place en ce lieu. Il ne pouvait plus entrer en lutte, si peu que ce soit. Plus rien ne restait du Jacques patiemment construit pour maintenir l'ordre et la dignité. Longtemps il regarda, debout sur le seuil de la salle de classe, le chemin, après le départ du dernier enfant. Il fallait tuer quelque chose. Il but une demi-bouteille de vin, parce que son cœur battait vraiment trop fort. Il fallait tuer l'officiant. Boire. Ainsi raffermi, la possibilité lui vint de réfléchir. D'abord, montant sur la chaise de la cuisine, il décrocha le rideau qu'il avait posé pour éviter d'être vu des passants comme il avait lui-même vu, en arrivant à Malcastel, l'institutrice en pleurs. Il gravit l'escalier, bien péniblement parce que ses jambes lui refusaient service. Le rideau faisait traîne derrière lui. Il ouvrit le cabinet aux papiers, tira, plein d'irritation, le rideau qui se prenait à l'angle de la porte (au moins pouvait-il encore exercer son autorité sur cette chiffe), et il le déposa bien à plat sur le coin de la table.

L'odeur des pommes se subtilisait, devenait souvenir. Il en chercha longtemps le goût particulier, humant l'air, puis il se mit à empiler les papiers sur le rideau. Liasse « XIXe », liasse « XVIIIe ». Tout au bas d'une autre pile, un papier dépassait. Il le dégagea. C'était le premier qu'il eût pris : le pendu à sa potence, quittance au pied. Ainsi tout avait commencé. Il relut le récit du crime et de l'exécution, attendit, dans l'odeur retrouvée des pommes, puis plaça doucement sur les autres la liasse « XVIIIe » et la liasse « XIXe ». Qu'allait-il faire avec ces papiers ?

Finalement, il les laissa où ils étaient. Il reprit son rideau, descendit dans la salle qu'il n'eut pas à éclairer, car il faisait grande lune, et il déposa dans l'étoffe ses trésors anciens : carte d'identité, livret militaire, diplôme de bachelier, et en dernier lieu, après un geste comme de refus, le tome dépareillé des *Cahiers* de Barrès. Il fit un ballot bien propre. Et ce ballot descendit le cours de la Boralde en crue, rejoignant la bizarrerie de l'institutrice de l'année précédente.

Ce soir-là, le curé se demanda longtemps s'il n'irait pas voir Jacques. L'histoire de la gifle, qui émouvait tout le village au point qu'une femme l'avait incontinent rapportée à la cure, ne l'avait point ému, lui. La petite l'avait bien cherchée, avec son rouge à lèvres et ses ricanements. Jacques avait un plus grand besoin de réconfort que cette suspecte enfant de saint Antoine. D'un autre côté, aller le voir, c'était se faire le village ennemi, pour peu qu'il rencontre un seul de ses habitants. Le curé descendit pourtant jusqu'à la maison d'école, mais il la vit sans lumière, et en conclut que le maître dormait.

XXV

Les gens de Malcastel ne restèrent pas inactifs. Le mercredi matin (et l'épicière avait terminé ses confitures, soigneusement empotées sur les rayons les plus hauts du magasin), une délégation d'hommes partit vers Combes, le chef-lieu de canton. Tous des hommes, des pères d'élèves, le col plus raide encore que le dimanche. Ils s'expliquèrent avec les autorités. A midi, on interrogea les enfants : comment se comportait le maître ? Avait-il au moins exprimé son regret, en voyant vide la place de la pauvre petite ? (La « pauvre petite » avait profité de l'apitoiement général pour extorquer à sa mère l'autorisation de porter un soutien-gorge, et l'argent nécessaire pour l'acheter.)

L'instituteur était tout drôle. C'était le seul renseignement qu'on pût obtenir des enfants, de quelque manière qu'on les prît. Leurs parents s'en montrèrent contrariés, parce qu'ils ne se rendraient pas en personne à la maison d'école, cela, ils l'avaient bien décidé. Crainte de se compromettre : il en manque toujours un ou deux, et après, si l'affaire tourne autrement qu'on avait cru, on est ennuyé de s'être trouvé là.

Un homme ennuyé, c'était le maire de Combes. Il n'avait pas envie de se mêler des affaires de Malcastel, connaissant lui aussi le proverbe. Mais il était le maire. Tout raidi à son tour au-dessus d'un faux col, il se présenta dans l'après-midi à la maison d'école. La classe bruissait. Il s'approcha de Jacques, bien gêné devant ce monde — on ne le croirait pas, mais des enfants, en masse comme ça, finissent par être intimidants — et il annonça qu'il voulait « lui parler juste un mot ». Un vieil homme usé, avait-il pensé en entrant. Mais à peine eut-il prononcé la phrase d'introduction qu'il trouva devant lui un furieux. Jacques se précipite sur la porte, la ferme à clef, brandit la clef au nez du maire épouvanté, et clame : « Vous vous figurez peut-être me vaincre de cette manière ? Otez-vous ça de la tête ! »

Dans la tête du maire ne défilent pas des idées de victoire, pas du tout, mais des lambeaux de réflexion : école trop éloignée du village — fenêtres infiniment trop hautes — les enfants. Les enfants, eux, restent bouche bée comme au spectacle. Ils n'ont pas l'air d'avoir peur. « Vous voulez que je vous obéisse. Non. J'ai cessé d'obéir à des gens qui ne valent pas mieux que moi, depuis ceux de Fontbeuve jusqu'aux Boual et aux Desclois. Je me suis trouvé ailleurs. Dans un pays où vous ne risquez pas d'aller me chercher, qui tourne, qui mord, qui est à moi. Il était enfermé. Je l'ai délivré, et moi avec. C'est ça le vrai voyage. Et vous n'êtes pas capable de le comprendre, et vous venez “ me dire un mot ”, avec votre figure écarlate comme celle des gens de la famille à table quand on est gosse, comme celle des gradés quand on est soldat, des surveillants au lycée, des coloniaux riches. Votre gueule. Je la méprise. D'ailleurs vous allez voir. Tiens, attrape. » Et il jette la clef au pied du maire.

Ce n'est pas le moment de faire le fier. La figure du paysan rougit encore, lorsqu'il ramasse l'objet. Il regarde Jacques au lieu de la serrure, fouille maladroitement, réussit enfin à ouvrir, fait passer les enfants (ce dont il tirera grand orgueil, tout à l'heure au village) et sort lui-même en oubliant d'enfermer Jacques. Il faut le voir courir vers le village, derrière les petits. A la croix du fort, tel un prédicateur, il annonce à Malcastel assemblé que l'instituteur est soûl peut-être, mais en tout cas complètement fada, cinglé, perdu ; et il décide d'alerter les gendarmes pour qu'on le conduise à Rodez, « aux fous ».

On n'eut pas cette peine. Les gendarmes, lorsqu'ils arrivèrent le soir devant la maison d'école, virent la classe ouverte et, dans la classe, sur la chaise de la petite Desclois, Jacques assis, les bras ballants, les yeux écarquillés. Il était mort : on ne l'aurait quand même pas cru si mal en point. La porte de la salle claquait sans cesse, parce que le vent d'Aubrac était fort ce soir-là, et l'image du toucan tremblait entre ses punaises. On appela le médecin de Combes tout aussitôt, des fois que ce serait une défaillance qui ressemble à autre chose. On fit ce qu'il fallait.

Mais il dit que l'instituteur était mort d'un arrêt du cœur. Il pouvait bien avoir raison. Seulement, personne ne sut que de la journée, pour la première fois depuis des semaines, Jacques n'avait pas bu.

XXVI

Du moment qu'il avait été fou et sans doute ivrogne, les gens du village furent près d'accepter sa conduite. Ils lui organisèrent un enterrement décent, où se trouvèrent toutes les familles, même les Boual. Car les morts, dirent-ils, ne nous feront plus de mal. *Les morts ont petite existence.* C'est un proverbe dans le pays.

Aussi les gens de Malcastel ne virent-ils pas combien le cortège qu'ils formaient derrière le cercueil était grossi de morts. Tous les anciens du village s'y trouvaient, depuis la femme enterrée avec de grossières poteries dans son sarcophage, jusqu'au petit-cousin des Verghnes, que les Allemands avaient fusillé dans les Bois Noirs, il y avait presque vingt ans. Ceux de Malcastel n'avaient jamais été profondément chrétiens. Jamais ils n'avaient mérité ce nom lisse, pudique, civilisé, de défunts. Ils suivirent cet enterrement parce que, pour la première fois, leur village avait pris forme dans un esprit d'homme.

On n'allait pas, malgré tout, faire pour lui les frais d'un caveau. En passant devant le leur, les Boual eurent un mouvement d'orgueil : Jacques n'aurait plus jamais l'occasion de révéler des scandales. Et puis le petit allait pouvoir quitter l'école des Frères et se passer de faire douze kilomètres à pied chaque jour. On mit simplement le cercueil dans la terre. Les gens de Malcastel ne furent pas beaucoup plus affectés de cet enterrement que de n'importe quel autre : un peu plus, cependant. Le curé — « Il a mauvaise mine, il n'a pas dû dormir cette nuit » — exprima ce sentiment spécial en disant à ceux qui l'entouraient, après la dernière cérémonie : « Voyez-vous, il faut bien le plaindre. » Plaindre quelqu'un, c'est le regretter, c'est évoquer sa mémoire en trouvant qu'au fond il n'était pas si mauvais. « Le curé doit avoir raison, parce que moi non plus je ne peux pas m'empêcher de le plaindre, et pourtant », dit la mère Boual. Sa fille ne lui répondit pas. Elle était venue d'Espalion exprès pour l'enterrement.

Un nouvel instituteur fut peu après envoyé à Malcastel. Cette fois, l'inspecteur avait pris ses précautions : il avait choisi un garçon de la montagne qui ne se trouvait point dépareillé dans le village, un garçon qui chassait, pêchait et ne possédait qu'un minimum de savoir. Le curé l'introduisit dans la maison d'école. Quand ils arrivèrent au cabinet du premier étage, le garçon l'éclaira de la lumière de sa torche électrique, et le curé lui expliqua l'ancien usage de la pièce, l'origine des liasses de papiers rangées sur la table en pile muette. L'instituteur s'en approcha, couvrit de sa main l'inscription « XIXe siècle », et dit au curé : « Ces papiers, c'est des nids à rats. Je vais envoyer tout ça aux archives de Rodez et ils s'en débrouilleront. La pièce est bien commode pour y mettre des patates. » L'odeur des pommes était tout à fait dissipée. Ou peut-être aurait-il fallu, pour en respirer les vestiges, savoir ce que coûte l'existence à ceux qui ont du mal à vivre.

Sans doute le village, curé en tête, plaignit-il Jacques ; mais pas longtemps, justement parce que la présence des morts est petite. Il fut oublié. Le sacristain veillait seulement à ce que la tombe de terre piétinée ne soit pas envahie par les mauvaises herbes, et, pendant quelques mois, le fils de l'épicière déposa sur elle des branches de sapin cueillies dans l'Aubrac. Au printemps, il oublia Jacques à son tour, car il était un enfant. Mais lorsque la suite des saisons ramena les cèpes du premier automne que ne verrait pas Jacques, il se rendit au cimetière, tenant le plus gros champignon qu'il eût trouvé. Il rencontra le curé près du caveau de la famille Boual. « Tu as de la chance, dit le curé, il n'y a rien de tel pour faire une omelette. »

Et le fils de l'épicière lui donna le cèpe. A quoi d'autre, en effet, aurait pu servir un champignon ?

FIN

Achevé d'imprimer
sur les presses de l'Imprimerie Bretolienne
27160 Breteuil-sur-Iton

N° d'impression : 0082
Dépôt légal : 3e trimestre 1981